曲がり木たち

小手鞠るい

原書房

曲がり木たち

目次

小さな木の葉に宿る一本の木

お墓参りの帰りに見つけて立ち寄った公園で、一枚の葉っぱを拾った。ふちの方だけがオレンジ色に染まって、まんなかはまだ緑色をしている。私はその場にしゃがんで、葉っぱを拾い上げた。拾い上げて、手のひらの上にのせた。じっと見つめた。

じっと、じっと、見つめた。

ああ、晴生《はるお》ちゃんにこの葉っぱを見せたい。

そう思ったら、目頭が熱くなってきた。悲しみの涙ではない。年のせいだろうか、このごろの私は、なんだか涙もろくなってきている。

これは、なんの葉っぱだろう。

立ち上がってあたりを見回すと、小さな公園のなかほどに、木造りのベンチがひとつ。

朝から晩まで、座ってくれる人を待ちつづけているかのような、人なつこさと寂しさと、あたたかみを放っている。そのベンチを取り囲むようにして生えている樹木たちが、内部に秘めた時計に従って、思い思いに色づき始めている。おそらく、あの木々の幹からのびている一本の枝から、風に誘《いざな》われて、はらりと落ちてきたのだろう。まるでこの世界に「さようなら」を言うようにして。

――ねえ、晴生ちゃん、こんな葉っぱを拾ったよ。ほら見て、きれいでしょ。

私は、私の声を聞いた。一枚の葉っぱを手にして、遠い昔に口にした私の言葉を。

＊

晴生ちゃんは私より六つほど上の、私の従兄《いとこ》だった。

晴生ちゃんを産んだのは、私の母のいちばん上の姉で、その人は、晴生ちゃんが二つになるかならないかのとき、晴生ちゃんの父親と別れて別の人と結婚することになり、「晴生を邪魔者扱いにして」――と、私の母はいつも眉をひそめてそう言っていた――そして、父親も晴生ちゃんを引き取りたがらなかったから、晴生ちゃんは、おじいちゃんとおばあちゃんの子どもになった。

私と両親の暮らしていた村はずれの社宅から、晴生ちゃんの暮らしていた国道沿いの農家までは、歩くと三十分から四十分以上もかかったけれど、自転車だと、十五分くらいで行けた。私の父は毎朝、自転車の前のかごに幼い私を乗せ、会社に行く道すがら、私を祖父母の家に預けた。帰りはたいてい母が、仕事の帰りに迎えに来てくれた。父は近所の町にある会社の営業部で、母は系列の工場の経理部で働いていた。

私は日中、祖父母が近くの田畑に野良仕事に出かけるときにはいっしょに行って、田んぼの土手やあぜ道で、泥だらけになって、遊んでいた。小学生だった晴生ちゃんは、学校が終わって家にもどってくると、祖父母の農作業を手伝ったり、いっしょに遊んでくれたりした。晴生ちゃんが勉強机の前に正座して宿題をしているときには、私もすぐそばに座って、絵を描いたり、絵本を読んだりしていた。晴生ちゃんはよく、本を読んで聞かせてくれた。内容や筋がほとんど理解できなくても、私はおとなしく、晴生ちゃんの朗読の声に耳を傾けていた。

とはいえ、私は自分が三歳、四歳だった頃のことを、具体的な場面として、正確に記憶しているわけではない。

私の幼い頃の写真が貼りつけられている古いアルバムと、

「葉子の面倒を本当によく見てくれてね。まるで、本当のお兄ちゃんみたいだったのよ」

「葉子が本好きで、作文の得意な子になったのは、晴生ちゃんのおかげかもしれないいな」

そんな両親の昔語りによって、私の内面に、晴生ちゃんとの記憶が創られたのだと思う。

「そういえば、葉子が何か悪さをしても、晴生ちゃんはいつも『僕がした』って言って、葉子をかばってくれてたなぁ」

「へえ、そうだったの？」

「覚えてない？」

「覚えてない」

ひとつだけ、はっきりと覚えていることがある。

祖父母の家の広い前庭の一角は養鶏場になっていて、そこで無数の鶏が飼われていた。あるとき、ひとりでままごと遊びをしていた私は、小さな泥の団子をつくって、よかれと思ってそれらを鶏に与えた。誤って食べてしまった哀れな鶏たちは、泥を喉に詰まらせ、目を剝いて、羽をばたつかせながら、次々に死んでいった。

「そうよ、あのときもね、晴生ちゃんは葉子をかばって、おじいちゃんにこっぴどく叱られて、晩ごはんを抜きにされたのよ」

晴生ちゃんがその夜、おなかを空かせて一睡もできなかったなんて、知らなかった。私はただ「あんなことになったのに、おじいちゃんが私には何も言わなかったのは、どうしてなのかな」と不思議に思っていただけだった。

私の通っていた小学校は祖父母の家のほど近くにあったので、小学生になってからも、しょっちゅう祖父母の家に遊びに行っていた。春休みや夏休みや冬休みには、泊まりがけで行かせてもらえることもあり、そんなとき私は、晴生ちゃんといっしょに遊んだり、勉強を教えてもらったりするのが、楽しみでならなかった。いつも晴生ちゃんにくっついていた。私は晴生ちゃんの「金魚の糞」だった。

私の小一から小三までは、晴生ちゃんの中一から中三までに重なっている。だから、晴生ちゃんには変声期があり、思春期があり、性に目覚める季節があったと思われるが、小学生だった私にそのようなことが認識できるはずもなく、晴生ちゃんは私にとってただ「大好きな晴生ちゃん」でありつづけた。幼い私は無意識のうちに、晴生ちゃんのことを、兄というよりも、たとえば分身、たとえば片割れ、たとえば双子のきょうだい、そのような近しい存在として、自覚していたのではないかと思う。晴生ちゃんは自分の外側にいるのではなくて、内側にいると感じていた、とでも言えばいいのだろうか。

大人になってから「ソウルメイト」という言葉を知ったとき、私はまっさきに、晴生ちゃんと私の関係を表す言葉だと思ったものだった。

中学生時代の晴生ちゃんは、頭がよくて、成績も優秀で、常に校内でトップを争う優等生だった。読書家で、スポーツも得意で、まさに文武両道に秀でた男子。おまけに、明るくて朗らかな性格の持ち主だったから、クラスでも人気者で、中三のときには生徒会の会長もつとめていた。

祖母と母は、ことあるごとに晴生ちゃんを褒めた。褒めちぎっていた。晴生ちゃんは、彼女たちの自慢の種だった。

「あの子なら、東大に行って、医者か弁護士か大学の先生になれるわ」

「鳶《とんび》が鷹を産むとはこのことよ。ほんと、将来が楽しみ」

「その点、うちの葉子ときたら……」

祖母と母は苦笑いを浮かべ、私の顔を見ながら、これ見よがしにため息をついた。

私は晴生ちゃんとは対照的な、できの悪い子だった。性格は暗くて引っ込み思案、勉強もできないし、体育も苦手で、特に算数はからきし駄目。歌を歌わせても音痴。

通知表には「1」や「2」が並んでいることが多くて、

「葉子の成績は、まるで行進曲だなぁ。一、二、一、二、だもんなぁ。いったい誰に似たんだろう。突然変異だろうか」

などと、普段は娘に甘い父もあきれ果てていた。

「こんなことじゃあ、先が思いやられるわ」

ある日、テストの点が低かったことを咎《とが》め立てされ、しょんぼりしている私の姿に気づくと、晴生ちゃんはいっしょうけんめい慰めてくれた。

「葉ちゃんはそんなこと、ちっとも気にしなくていいんだよ。学校の成績なんか、人間の善し悪しとはなんら関係がないんだから。僕はね、葉ちゃんのいいところをいっぱい知ってるよ。葉ちゃんは、作文がうまいし、絵もじょうずだ。図画工作の成績がよくないのは、先生には葉ちゃんの絵の良さがわからないからなんだ」

それでも私がめそめそ泣いていると、晴生ちゃんは「おいで」と言って私の手を引っ張り、裏庭まで連れていった。

裏庭にある井戸のそばに、一本の大木が立っていた。柏《かしわ》の木だった。母の話によると「柏は、新芽が大きくなるまで、古い葉を落とさないで、芽を守っているの。だから、庭に植えると、その家の家系は途絶えないって言われてる、縁起のいい木なのよ」。私は花より団子で、祖母のこしらえる柏餅——家でついた餅にあんこを詰めて、柏の木の葉でくるんだもの——が大好きだった。

「見てごらんよ」

晴生ちゃんに促されて、顔を上げた。季節は夏だった。四方八方に枝を広げた柏の木には、見上げた空を埋め尽くすほどの勢いで、葉が茂っていた。

「葉ちゃんはね、あの、葉っぱなんだ」

「え？」

「だって、葉ちゃんの名前は『葉っぱ』だろ？　葉っぱはね、すごい存在なんだよ。木よりも偉いんだから」

「ほんと？」

「うん、ほんと。木はね、葉っぱがないと、生きていけないんだ」

そのあとに晴生ちゃんは、中学校の理科の時間に習ったと思《おぼ》しきことや、実験をしてわかったこと、自分で調べたことなどを、あれやこれやと語って聞かせてくれた。一枚、一枚の葉は、生きている。人の体にいろんな器官があるように、木にも器官があって、それが葉なのである。葉は太陽の光を吸収し、光合成をおこない、木を生かしている。花も実もおしべもめしべも、もとを正せばすべては葉。つまり葉とは、木の生命、そのものなのである。

およそそのようなことを、晴生ちゃんは教えようとしてくれた。

「だから、葉ちゃんは偉いんだ。葉っぱなんだから」

以来私は、珍しい葉っぱやきれいな葉っぱを見つけるたびに、得意がって、晴生ちゃんに見せた。

「ねえ、晴生ちゃん、こんな葉っぱを拾ったよ。ほら見て、きれいでしょ」

「うわぁ、ほんとだ、きれいだね。どこで見つけたの」

晴生ちゃんは、私の拾った葉っぱをとても丁寧に扱った。図鑑で調べて、木の名前や性質を教えてくれた。それから百科事典に挟み込んで、押し葉をつくってくれた。押し葉を画用紙に貼りつけて、しおりをつくってくれた。

「おお、これはまた、変わり者の葉っぱを見つけてくれた。

虫に食われて穴だらけの葉っぱを見せると、晴生ちゃんは私の頭を撫でながら、うれしそうに笑った。

「虫に食われるということは、栄養がある証拠だね。虫たちは葉っぱを食べて成虫になって卵を産む。卵から幼虫が生まれる。小鳥たちはその幼虫を食べて、幼虫で雛を育てる。蛙も虫を食べている。蛙を食べる鳥もいる。だから、葉っぱというのは、すべての生物の命のもとになってるんだね」

小学三年生か四年生くらいだった私に、晴生ちゃんの話がすみずみまで理解できていたかどうかは、定かではない。もしかしたら、何も理解できていなかったのかもしれない。けれど、晴生ちゃんの「言の葉」は、残った。声として残り、言霊として残り、長い時を経てもなお残りつづけ、その後の私の人生の節々で、ふいによみがえっては、心の芯に命中することになる。

私が小学校五年生になる前の春休みに、父の転勤にともなって、私たち家族は、祖父母の家のある村から、車で一時間以上も離れた別の町に引っ越しをした。山を切り崩して築かれた新興住宅地。そのかたすみに、両親は念願のマイホームを建てた。数年前に、うちには双子の女の子が生まれていた。母はこの引っ越しを機に会社を辞め、育児と家事に専念する生活を始めた。

祖父母の家を訪ねる回数も減り、当然のことながら、晴生ちゃんに会う回数も減った。そのことを寂しいとか、悲しいとか、私はあまり感じていなかった。新しい町、新しい学校、新しい家、小さくて可愛い妹たちに、夢中になっていたのだと思う。両親を見返したい一心で、がんばって勉強するようにもなり、成績はほんの少しだけ、良くなった。一二、一二が、三四、三四に変わった程度に過ぎなかったけれども。

晴生ちゃんもまた、高校生になり、自身の青春を謳歌する日々のなかで、できの悪い従妹のことなど、きれいさっぱり忘れ去っていたのではないだろうか。

その事故——と、呼んでいいのかどうか、私にはいまだにわからないけれど——は、晴生ちゃんが高二の夏休みの終わりごろに起こった。

友だちの家に遊びに行ってくると言い置いて、家を出た晴生ちゃんはその夜、いつまで経っても、帰ってこなかった。友だちといっても、晴生ちゃんには大勢の友だちがいたので、それが誰なのか、誰の家へ行ったのか、祖父母にはわからなかったし、知らされてもいなかったという。ひと晩明けて、祖父は警察と学校に連絡をした。ほどなく、晴生ちゃんの所在が判明した。早朝、たまたま近くを通りかかった新聞配達人の通報によって、晴生ちゃんは救急車で病院に運び込まれていたのだった。

あわてて病院に駆けつけた祖父母に、医師は淡々と、怪我と術後の経緯について説明した。それによると、晴生ちゃんは後頭部に大怪我を負い、大量の血を流して地面に倒れている状態で、発見されたという。頭蓋骨の内部にも血液が溜まっていたので、ただちにそれらを除去する処置をした。あと五分、発見が遅れていたら、助からなかったかもしれない。しかし外科手術は無事終わって、今はまだ意識はもどっていないものの、そのうちもどるだろうということだった。

晴生ちゃんの意識は、なかなかもどらなかった。

集中治療室で機械につながれている晴生ちゃんは、祖母から母に伝えられた話によると、「頭を包帯でぐるぐる巻かれて、まぶたも鼻も唇も、そこらじゅうが腫れ上がって、とても生きているようには見えなかった」という。

「意識がすぐにもどらない場合には、仮にもどっても、それは一時的なもので、そのあと、あっけなく死んでしまうこともあるそうなのよ」

「まさか……そんなに深刻なのか……」

「それに、たとえ意識がもどっても、体がもと通りになるかどうかは、なんとも言えないらしいの」

などと、両親が声を潜めて話しているのを、壁越し、ふすま越しに耳にするたびに、私の心臓は縮み上がったり、破裂しそうになったりした。晴生ちゃんが死ぬなんてありえない、という気持ちと、死ぬのかもしれないという不安が、胸のなかで激しい濁流となって渦巻いていた。

晴生ちゃんの意識は、五日後にもどった。

「ぱちっと目をあけて、開口一番『ばあちゃん』って言ったんだって」

「舌なめずりもしたらしいよ。よほど腹が減ってたんだろうな」

久方ぶりに我が家にも、明るい口調と笑顔がもどってきた。

けれども、なぜか、私はなかなかお見舞いに行かせてもらえなかった。

「葉子はまだ行かなくていい。退院するまでは、行ったらいけない」

「行っても、晴生ちゃんにとってはかえって、迷惑なだけかもしれないでしょ」

「今はリハビリのまっさいちゅうだから、行くのはもうちょっとあとがいいかな」

「かわりに手紙を書いてあげなさい。渡してきてあげるから」

「もう元気になってピンピンしているらしいから、何も心配しなくていいよ」

そのときどきに、両親はいろいろな理由をつけては、私のお見舞いを阻止した。私には、そこに隠されていた深い事情を推し量ったり、察知したりできるはずもなく、ただ「晴生ちゃんの怪我は大したことなかったんだ」「もう治ったんだ、よかった」などと能天気に受け止めていた。

倒れているのを発見された現場のすぐそばには、山の中腹にある神社に通じている急な石段があり、当初は、晴生ちゃんは足を踏み外して、その石段から転げ落ちたのではないかと言われていた。別の場所で、何者かに頭部を殴打されたあと、そこまで運ばれ放置されたのではないか——転落事故に見せかけるため——とささやかれるようになるのは、親族以外の人々がこの事故のことをほとんど忘れかけた頃のことだった。

事故から二年ほどが経過し、私は中学生になった。その前後から、うちでは「晴生ちゃん」の話題は、ふっつりと出なくなっていた。誰も、何も、語らない。語りたがらない。だから私もしだいに、関心を抱かなくなった。何通か出した手紙に返事は届かなかったものの、「まあ、そんなものだろう」と気にもしていなかった。私の頭のなかは、高校受験や初恋や友だちとのあれこれでいっぱいになっていた。

私が高一になった年、祖父が脳卒中で倒れて寝たきりになり、それまでは別居していた長兄夫婦が農業を継ぐために祖父母の家に引っ越してきた。兄嫁のおばちゃんと私の母の折り合いがよくなかったせいで、私たち家族が揃って祖父母の家を訪ねることは滅多になくなり――祖母がひとりでうちを訪ねてくることはあったが――晴生ちゃんに会う機会に恵まれないまま、時は流れた。

そうこうしているうちに、私は大学進学の時期を迎えた。自分のことで精一杯の日々を過ごすなか、晴生ちゃんの存在は、ますます遠ざかっていった。ときおり小耳に挟む、祖母や叔母や母の話の切れはしをつないで推察すれば、晴生ちゃんは怪我が治ったあと、高校を中退し、家の近所のクリーニング店に就職し、元気で働いているようだった。

晴生ちゃんはなぜ、高校を辞めたのだろう。なぜ大学へは行かなかったのか。なぜクリーニング店なのか。そこにどんな事情があるのか、あったのか、そのようなことにも、私は疑問や興味を抱かなかった。

私が事の詳細を知るのは、都内にある大学に合格し、上京してひとり暮らしを始めることになったのを機に、その報告を兼ねて、祖母と晴生ちゃんに会いに行こうと思い立ったときのことだ。事故からは、七年あまりが過ぎていた。数年前に祖父は亡くなり、祖母と晴生ちゃんは小さなアパートに引っ越して、ふたりで暮らしていた。かつて私たち家族の暮らしていた社宅のほど近くだった。

訪問の前に、

「ちょっと、葉子に話しておきたいことがあるの」

母は改まってそう言い、私を台所まで呼びつけた。

晴生ちゃんの怪我は、転落事故ではなくて、事件だったのかもしれない。もしかしたら高校の友だちの誰か、あるいは、複数の人間に殴られ、殴られたあとで、階段の上から突き落とされた可能性もある。しかしながら、事を荒立てることはしないと決めて、われわれはこの事故を闇に葬った。なぜなら、事を荒立てて、いちばん大きな被害を被るのは、ほかならぬ、祖母であり晴生ちゃんであるだろうから。あそこは小さな村、あそこは狭い社会なのだから。

そんなことを語ったあとに、母はちょっと言いにくそうにして、つづけたのだった。

「葉子が会いに行くのはいいことだと思うし、止めはしない。でも、晴生ちゃんはもう、昔の晴生ちゃんとは違う。別の人間だと思って、会いに行った方がいい」

母の話を、不出来な物語か、下手な作り話でも聞かされているかのような気持ちで聞いていた。どこか遠い、よその国で起こった出来事のような気がした。自分の感情があまり動かないのが、不思議に思えた。それはまだ、私が晴生ちゃんに会っていなかったからだと、今の私にはわかる。

七年ぶりに顔を合わせた晴生ちゃんは、母が言った通り、まったく別の人になっていた。あのときの驚きを、あのときのショックを、なんと表現すればいいのか、私にはわからない。覚悟を決めて会いに行ったわけだが、現実は、私の陳腐な覚悟をせせら笑っていた。まさに「変わり果てた姿」と言っても過言ではない、そういう姿になって、晴生ちゃんは私の前に現れた。

私は十八歳だった。ということは、晴生ちゃんは二十四歳。体つきは凜々しく、筋肉も隆々として、首から下だけを見れば、たくましい青年にすら見えた。けれど、晴生ちゃんの表情は疲れ果て、憔悴しきった老人のようだった。

何もしゃべらなくなっている、しゃべれなくなっている、ということは、すでに母から聞かされていた。聴力に問題はない。耳は聞こえている。けれど、話しかけても、答えはいっさい返ってこない、と。

それでも、私は問いかけずにはいられなかった。

「晴生ちゃん、どうしたの？　私のこと、わからないの？　葉子よ、私、葉子」

我知らず、相手を責めるような口調になっていた。肩をつかんで揺さぶりたくなる衝動を、懸命に抑えなくてはならなかった。

晴生ちゃんはうなずきもせず、にこりともせず、無表情のまま、私の顔をじっと見つめていた。あたかも、赤の他人を見るかのように。私を凝視するふたつの目は、骸骨に空《あ》いた真っ黒な穴のようだった。恐怖に近いような感覚にとらわれてきて、思わず、あとずさりをしてしまった。晴生ちゃんはそんな私に背を向けると、すーっとどこかに消えてしまった。本当は消えてなどいなくて、ベランダの前に置かれている椅子に腰をおろしていたのだけれど、私の目には「消えた」ように映った。

ベランダの向こうには、つつましやかな庭が見えた。田舎で、土地だけは贅沢にあるせいか、アパートの一階には住人専用の庭が付いていた。隣人と隣人の庭のあいだは、柘植《つげ》の低木で仕切られていた。

祖母がお茶を運んできてくれた。

晴生ちゃんの背中に視線を当てて、祖母は私に言った。晴生ちゃんにも聞こえるような、あるいは聞かせようとしているかのような、はきはきした言い方だった。

「家にいるときは、ああして黙ってあそこに座って、庭を眺めているか、居眠りしてるか、どっちかでな。仕事が休みの日は一日中、布団に入って寝てるだけ。体は健康で、どこにも悪いところはなくて、仕事もいっしょうけんめい、まじめに働いて、稼いだお金は一円も使わず、私に渡してくれる。仕事と言っても、朝から晩まで汗だくになって、アイロンをかけてるだけだけど。職場ではたいそう有り難がられているらしいわ。そりゃあそうでしょう。愚痴ひとつこぼさず、安月給で働いてくれる、お店にとっては有り難い存在なんでしょうよ」

そのあとに、小さく言い添えた。

「あんなに頭のいい子だったのに」

それから大きな声を出して、叱りつけるように言った。

「こら、晴生。せっかく葉子ちゃんが訪ねてきてくれたのに、挨拶くらいしたらどうなの！」

返事はなかった。晴生ちゃんはふり返りもしないで、右手の指で耳の下をぼりぼり掻いていた。

三人で夕ごはんを食べているときにも、晴生ちゃんはひとことも口を利かず、ごはんのあとは自室にこもってしまい、何分か後には鼾《いびき》が聞こえてきた。

その夜、自分の感情をどういうふうに処理すればいいのかわからなくて、私は激しく混乱していた。

晴生ちゃんは明らかに、昔の晴生ちゃんではなくなった。快活で饒舌で明朗闊達な晴生ちゃんは、いなくなった。そのことに対して、私は怒ればいいのか、嘆けばいいのか、悲しめばいいのか。同情とか、哀れみとかは——たぶんそれらは赤の他人に対して抱く感情であって、身内に対しては抱かない感情であるのかもしれないと今の私は思う――わいてこない。怒りの方が強くて。しかしこれは何に対する怒りなのか。晴生ちゃんの人生を台無しにしてしまった人たちに対する怒り、今もどこかでのうのうと暮らしている犯人に対する怒り、おそらくそれらを含めて、運命という魔物に対する怒り。この怒りを、いったいどこへ持っていけばいいのか。その一方で、嘆いたり悲しんだりすることは、今の晴生ちゃんに対して、なんだかとても失礼なことのように思えてならない。悲しむことは、嘆くことは、これは不幸だと思うことは、今の晴生ちゃんを丸ごと否定してしまうことになるのではないか。

眠れないまま、悶々と考えを巡らせながら、その合間合間に昔の晴生ちゃんのことを思い出しては、涙した。泣くことしか、できなかった。なぜ泣くのか。泣いているのか。涙の意味を考えるのもつらかった。

翌朝、浅い眠りから目を覚ますと、晴生ちゃんはすでに仕事に出かけていて、家にはいなかった。私の朝ごはんが並んでいるお膳の上には、晴生ちゃんの使ったお茶碗と味噌汁のお椀が残されていた。お茶碗のなかにすっぽり収められている、空のお椀。その上には、お箸が揃えて置かれていた。四角いお皿の上には、魚の白い骨。みんなから「猫またぎ」と言われていたきれいな食べ方は、子どもの頃と同じだった。

二晩泊まる予定を切り上げて、早めに家に帰ることにした。居たたまれない気持ちだった。逃げるようにして、私は祖母のアパートをあとにした。

さようならも言わないで、晴生ちゃんと別れた。

苦い後味《あとあじ》だけが残った。


やがて、私は大学生になり、人並みに恋愛もし、失恋もし、卒業後は、外資系の会社の事務職に就き、そこで知り合った人とつきあうようになり、晴生ちゃんからはさらに遠く離れた場所で暮らしていた。心が遠くなったということだ。

祖母に手紙や葉書を出すときには、最後に申し訳程度に「晴生ちゃんにもよろしくお伝え下さい」と書いた。帰省時に何度か、祖母に会いに行ったことはあったが、晴生ちゃんはいつも仕事に出かけていて、留守だった。たまに顔を合わせることがあっても、晴生ちゃんは恥ずかしそうな顔をしてうつむいて、すっと自室に隠れるだけだった。晴生ちゃんの症状は、良くも悪くもなっていなかった。

母や叔母はときどき、晴生ちゃんの将来について、ぼそぼそと語り合っていた。

「おかあちゃんが死んだときには、あの子は重い受話器を取り上げて、やっとまともに口を利くのかしら」

「そうね、私たちに知らせるためには、そうするしかないものね」

「そのあとは、あの子はたったひとりで生きていくのかしら。誰かが引き取った方がいいんでしょうねえ。もちろん、あの女以外の人」

晴生ちゃんの母親の名前も出た。それは彼女たちの姉の名でもあるのに、母も叔母も憎々しげに口にした。

「あの人は、我が子が死にかけていても、知らぬ存ぜぬで通した鬼だもん」

「そういえば、晴生ちゃんが稼いだお金を、おかあちゃんは全部、貯金しているみたいなのよ。だから老後のお金はしっかりある。今のところ、体はすごく健康。それだけが救いよね」

それから母は、私に向かってこんなことを言った。

「晴生ちゃんは、私たち家族や親戚の不幸を一手に背負って、ああなってくれたのよ。あの子はみんなを助けてくれているの。葉子はそのことを忘れないようにね」

もう少し時代が進んでから、晴生ちゃんの陥っている症状を指す呼び名が出現した。先天性と後天性のものがあって、晴生ちゃんは脳に損傷を受けてそうなったのだから、後天性なのだなと理解した。私はその呼び名を嫌った。晴生ちゃんをそういう「症状」に閉じ込めてしまうのがいやだった。ひとくくりにされたくなかった。名前をつけてひとまとめにして、社会の片すみに掃き寄せてもらいたくなかった。まわりの人たちが使い始めても、私だけはその言葉を使わなかった。

晴生ちゃんは、晴生ちゃんだ。病気じゃない。晴生ちゃんは、晴生ちゃんだ。障害者じゃない。不幸じゃない。意地を張るように、そう思いつづけた。

人の幸・不幸は、それを見ている人の幸・不幸の反映なのだと、私はいつしか思うようになっていた。つまり、晴生ちゃんを不幸だと思いたい人は、自分が不幸だからなのだ、と。晴生ちゃんを見て「自分はああならなくてよかった」と己の幸福を確認する人は、なんて不幸なんだろうとも思った。他人の幸福をうらやむ不幸よりも、もっとたちの悪い不幸ではないかと。

三十代になった私は、知り合って三年ほどいっしょに暮らしていた人と結婚し、結婚後は、彼の赴任先であるニューヨークで暮らすことになった。

渡航の前に、ふたりで祖母と晴生ちゃんの家を訪ねた。

もうじき四十歳になる晴生ちゃんは、白髪が増えて、前よりもいっそう老けて見えた。祖母の話によると「相変わらず、頭のほかに、悪いところはどこにもない」という。

「真面目だけが取り柄の、口を利かない唐変木です。静かで助かります」

そんな言葉を交えて、祖母は晴生ちゃんを私の夫に紹介した。祖母のジョークには、晴生ちゃんへの愛情が満ちていた。

私の夫となった人は、高校時代からアメリカで生活し、アメリカの大学と大学院を卒業したのち日本にもどって、外資系の銀行――私の働いていた会社の親会社――に就職した。渡米の辞令は、アメリカ本社への栄転を意味していた。

物静かで、謙虚で、思慮深い人。それよりも何よりも、私が彼に強く惹かれたのは、彼が小さな生き物を慈しみ、蟻も蚊も殺さないほど優しい人だったから。思想と生活には矛盾がなく、肉も魚も食べない人だった。この人なら、晴生ちゃんに偏見を抱いたりすることはないだろうと、百パーセントの確信が持てた。

事実、その通りだった。

夫は晴生ちゃんに頭を下げ、礼儀正しく挨拶をし、「葉子の夫です。ふつつかな者ですが、どうかよろしくお願いします」と自己紹介をした。黙っている晴生ちゃんに向かって「僕の知り合いに精神科医の人がいて、その筋のことにも詳しいから、何か晴生さんのお役に立てることがあるかもしれない」などとも言った。祖母に対しては「晴生さんは、話し言葉による人とのコミュニケーションができないだけで、言葉を失っているわけではないと思う」ということも。

「ニューヨークにも、晴生みたいな人はおりますか？」

とたずねた祖母に対して、夫は答えた。

「いますよ、もちろん。アメリカではごく普通に、みんなに交じって生活してますから、あんまり目立たないですけどね」

柔らかな陽射しの降り注ぐ、穏やかな晩秋の日曜の午後だった。

夫と祖母は居間で熱心に話し込んでいて、晴生ちゃんは例によって「黙ってすーっと消えて」しまい、私は所在なく庭に出て、狭いスペースにちまちまと植えられている草花を眺めていた。

花を咲かせているのは、コスモス、菊、りんどう、ききょう。艶のあるすすきの穂先が風に揺れ、枯れかけているひまわりはこっくりこっくり、居眠りをしているように見えた。

竹垣の手前にある低木の茂みの方で、ごそごそっと、何かが動く気配のようなものがあった。「猫かな」と思って近づいていくと、突然、ぬうっと、晴生ちゃんが茂みのなかから頭を突き出した。まるで、海坊主か、河童にでも出会ったように、私はびっくり仰天して、大声を出した。

「もう、晴生ちゃんったら、びっくりするじゃない！　驚かさないでよ。心臓が止まったらどうしてくれるの？」

立ち上がった晴生ちゃんを見て、私は歓声を上げた。晴生ちゃんが胸に抱いているものを目にして。

「きゃー何それ！　お化けかぼちゃ！」

晴生ちゃんは、赤ん坊の体ほどもあろうかというような大きなかぼちゃを抱えていた。まっすぐに両腕を差し出して、そのかぼちゃを私に手渡そうとしている。祖母の菜園で穫《と》れたかぼちゃなのだろうか。

「ありがとう！」

ずっしりと重いかぼちゃを受け取ると、ごつごつした皮に頬ずりをした。

「すごいねえ、こんな大きなかぼちゃ。晴生ちゃんが育てたの？」

晴生ちゃんの唇がかすかに開いて、そこから今にも言葉がはらはらと、こぼれ落ちてきそうだった。もちろん、そんなことは起こらなかったけれども。

かぼちゃを抱えて、祖母と夫に見せるために家のなかに入った。晴生ちゃんも黙って、私のあとからついてきた。

「おばあちゃん、これ、さっき、晴生ちゃんが」

祖母は私よりももっと驚いた。

「あれまあ、なんてことかしら。晴生、あんたが葉子ちゃんに、あげたの？　ええ？　葉子ちゃんのために、穫ってあげたの？　よくそんなことができたねえ」

晴生ちゃんは、何も言わなかった。言わなかったけれど、晴生ちゃんはにこにこしていた。晴生ちゃんの笑顔に気づいて、祖母はうれし涙を浮かべた。

「あらあら、大変だ。晴生が笑ってる。笑ってるよ、笑ってる。ほら見てごらん」

晴生ちゃんの笑顔を祖母が目にしたのは、いったい何年ぶりだったのだろう。もう二度と目にすることはできないと、あきらめていたのかもしれない。

私もうれしくなって「晴生ちゃん、ありがとう」と何度も言いながら、かぼちゃを撫でたり、キスをしたりした。そのたびに、晴生ちゃんは、とてもうれしそうに微笑んだ。笑うと、たちまち、昔の晴生ちゃんがもどってきた。うるさいくらいにおしゃべりで、物知りで、好奇心が強くて、口笛がうまくて、歌もじょうずだった、晴生ちゃん。

「晴生ちゃんが笑ってる！　笑ってるね、おばあちゃん」

手をぱちぱち叩いて私は喜んだ。かぼちゃを夫に預けると、晴生ちゃんの両手を取り、握りしめたまま、上下に動かした。

「晴生ちゃんがわーらった、晴生ちゃんがわーらった」

と、言いながら。

うれしいとき、人は思わず童心に返るのだろう。幼稚園児のお遊戯みたいなことをしながら、思い出していた。遠い昔に、晴生ちゃんが教えてくれたこと。花も実もおしべもめしべも、もとを正せばすべては「葉」。つまり葉とは、木の生命、そのもの。だから、葉子ちゃんは偉いんだと言ってくれた、晴生ちゃん。

あのかぼちゃは、晴生ちゃんから私と夫への「祝福の言葉」だったに違いない。

畑でいちばん大きなかぼちゃの実を、晴生ちゃんはあの日、私たちに贈ってくれた。夫が言ったように、晴生ちゃんは言葉を失ってはいなかった。心のなかには、体のなかには、無数の言葉が宿っていた。ただそれがどうしても、口から外に出てこなくなっていただけなのだ。

晴生ちゃんが亡くなったのは、祖母が天命を全うしてから、わずか一ヶ月のちのことだった。風邪をこじらせて肺炎にかかって入院し、治って退院してほどなく、職場でふたたび倒れて、そのまま、帰らぬ人となった。

母の話によると「誰にも迷惑をかけない、潔い死に方だった。葬式代を引いても、まだ有り余るほどのお金が通帳にはあった」という。死に顔も「とても安らかで、まるで笑っているように見えた」――。

私たち家族はその頃はまだアメリカで暮らしていて、私は二人目の子どもを出産した直後だったので、帰国してお葬式に出ることはできなかった。

　母からかかってきた電話で、こんな話を聞かされた。

「誰も知らない人がひとり、来ていたの。勝手な想像に過ぎないけど、あの人は、晴生ちゃんをバットで殴った人か、その関係者なんじゃないかと思った。幸せそうには見えなかったわ。だけど、晴生ちゃんは、幸せだった。みんなから愛されていた。天国でもきっと幸せに暮らせると思うの。神様に愛されて。とてもいい世界に行ったの。ここよりもいい世界に。みんなでそう思うことにしたの。だから葉子もそう思ってて」

　確かに晴生ちゃんは、ここよりもいい世界に行ったに違いないと思った。そこには、晴生ちゃんをいじめたり、白い目で見たり、馬鹿にして揶揄したりする人はいないと信じたかった。私の住んでいるこの世界とはまったく違う、とてもいい世界に晴生ちゃんは旅立った。たったひとりで「さようなら」も言わないで。

　母の話を聞きながら、私は最後に見た、晴生ちゃんの笑顔を思い出していた。

　三年ほど前だった。

　生まれたばかりの長女を連れて、里帰りの帰国をしていたときだった。

「あのね、晴生ちゃん、この子の名前、真理子っていうの。わかる？　ま・り・こ。わかる？　私が産んだの。かわいいでしょ。晴生ちゃんの従妹違《いとこちがい》なのよ」

晴生ちゃんは力強くうなずいた。

晴生ちゃんはその頃、「微笑む」「うなずく」「首をふる」「首をかしげる」といった行為ができるようになっていた。夫が伝手《つて》を通して見つけた東京在住の医学部の学生が、自身の研究とボランティアを兼ねて、晴生ちゃんのもとに足繁く通っており、その人のおかげで、さまざまなコミュニケーションが可能になってきている、とのことだった。

「まりこは、晴生ちゃんが大好きなの。晴生ちゃんも、まりこが好きでしょ？」

問いかけると、晴生ちゃんはまるで「好き」と答えているかのように、にっこり笑った。小鳥のように、可愛らしく首をかしげながら。

「赤ちゃん、すき？」

すき。

「かわいいでしょ？」

かわいい。

「すっごくかわいいでしょ？」

すっごくかわいい。

「だっこしてみる」

してみる。

晴生ちゃんと私は、そんな「会話」をすることができるようになっていた。晴生ちゃんの言葉は、聞こえてこなかった。でも、私たちのあいだには、無数の言の葉が行き交っている。そんな気がしてならなかった。

晴生ちゃんは赤ん坊を胸に抱いて、本当にうれしそうに笑ってくれた。

すき？　すき。

すき？　すき。

ずっと、すき？

ずっと、すき。

ずっと、ずっと、すき？

ずっと、ずっと、すき。

私たちはいつまでも、飽きることなく、無言の会話を交わしつづけていた。遠い日の少年と少女にもどって、木を見上げ、空を見上げて、互いの気持ちを伝え合った。私たちは、ソウルメイトだった。私たちは、二羽の小鳥だった。晴生ちゃんは私の双子の片割れで、私の分身だった。晴生ちゃんは木で、私は葉っぱだった。晴生ちゃんは曲がり木で、私は虫に食われた不恰好な葉っぱだった。

＊

「おばあちゃん、何を見つけたの？」

孫に問われて、我に返った。再びしゃがんで、孫の背の高さと同じになって、ふちの方だけがオレンジ色に染まった、美しい落ち葉を見せてやる。

「うわぁ、きれいだねえ、まるで折り紙みたい」

かたわらにいる真理子が幼子にそう声をかける。孫は目をまん丸に見開いて、しばし、葉っぱを見つめている。この子は、上の娘の真理子の産んだ子だ。もうじき三つになる。真理子のおなかのなかには、彼女の妹か弟が宿っている。下の娘はアメリカ人と結婚してアメリカで暮らしているが、真理子は大学時代から日本で暮らし、日本人と結婚して、そのまま日本に居ついた。私たち夫婦は夫の定年退職後、日本に帰国し、今は真理子の家の近くに住んでいる。

「おかあさん、それ、なんの葉っぱ？」

真理子に問われる。

「さあ、なんだろうね」

つぶやきながら、私は天上にいる人に問いかける。

——晴生ちゃん、これ、なんの木の葉？　名前、わかる？

——わかるよ。それは、柏の葉っぱだね。


「柏よ。樫の木。英語だとオーク」

真理子と孫の両方に教えながら、太陽に透かして、ほんのり青い落ち葉を見る。葉に浮き上がった葉脈が、まるで枝をのばした一本の木のように見える。

葉っぱのなかに、木がある！

驚いて、そのへんに散らばっている別の葉っぱを拾い上げてみる。陽の光に翳《かざ》して、見てみる。この葉にも、この葉にも、木が宿っている。

うわあ、すごいなぁ。跳び上がりたくなるほど、私は感動している。葉っぱのなかに木があるなんて、この年になるまで、知らなかった。知ろうともしなかった。今の今まで、一度も。すごいなぁ、すごいなぁ。幼い子どもみたいに、私は感動する。小さな木の葉の一枚一枚に宿る、一本の木。ああ、この「木」のことを、晴生ちゃんに教えてあげたい。だけど、晴生ちゃんは、いない。

そうだろうか。

晴生ちゃんは、いる。今も昔も、晴生ちゃんはここにいる。晴生ちゃんは、存在する。晴生ちゃんは私と共に、私たちと共に生きる。私は、晴生ちゃんと共に生きられる私の人生を、誇りに思う。

「おばあちゃん、ひとりで笑ってる」

「ほんとだ、何がそんなにおかしいんだろうね。笑い涙まで浮かべて」

娘と孫が笑っている。晴生ちゃんが笑っている。ここは、いい世界だ。

晴生ちゃんは偉大な木だ。私たちのために、きょうも天上から、葉っぱを降らせてくれる。悲しみの上に葉を降り積もらせ、悲しみという悲しみをことごとく、覆い尽くしてくれる。晴生ちゃんは私たちに、何かを与えるために存在する。何かとてもいいものを。人からは何も受け取ろうとしないで、ただ人に、何かとてもいいものを惜しみなく。

たんぽぽと梅の木

今朝、いつものようにひとりきりの朝食を済ませたあと、芙美子《ふみこ》は机の前に座ってまぶたを閉じ、母親につながる記憶をたぐり寄せようとした。

いちばん新しい記憶は、五年ほど前、芙美子が郷里にもどったとき、母とふたりで夕飯を食べに行った和食店のテーブルの上に残っている。席に着くなりメニューをあけて、一品ずつちまちまと運ばれてくる会席料理ではなく、いっぺんに事の済む——食事にかかる時間も短い——松花堂弁当を選んだのは、芙美子だった。

あのとき母は内心では、華やかでにぎにぎしい会席料理を食べたかったのだろうか。ふと思ってから、芙美子はあわてて打ち消す。そんなことはない。ないはず。だって、母はあのとき、あんなに喜んでいたではないか。あれで良かったのだ、私の選択は間違っていなかった、と、芙美子はくり返し、自分に言い聞かせる。

最後の食事は、あれで良かった。なぜなら彼女は「おいしい」「うれしい」「楽しい」と言って、盛んに喜んでいたのだから。

「芙美子は相変わらず、口がうまいなぁ。ほめ上手で、喜ばせ上手や。誰に似たのやろ。おおきに、ありがとう。久方ぶりにええ店でええモン、ぎょうさん食べさせてもらえたわ。ああ、何もかも上等やった。美味しかった」——。

次に浮かんできた記憶は、一通の紙切れである。

生来、なんでも——物だけではなくて、時には人との関係でさえも——潔く、ばっさり切り捨ててしまうのが得意な性分だから、芙美子の身辺は、常にすっきりと片づいている。

机の上には、辞書とカレンダーとペン立てと電気スタンド。

机にふたつ付いている引き出しの上の方には、計算機、拡大鏡、老眼鏡、印鑑、クリップ類、付箋、消しゴム、ハンドクリーム、リップクリーム、目薬。

大きな下の引き出しには、ファイルに五十音順のインデックスを付けて整理してある文書、仕事に必要な資料、契約書、覚え書きのほかに、原稿用紙、便箋と封筒、切手、葉書など、さまざまな紙類。手紙を出すのは好きだが、人からもらった手紙は、読んだらすぐに処分する。よほど重要なものでもない限り。

仕事部屋のなかには、書き物をするための机と椅子と、書棚のほかには、何も置かれていない。部屋は木立に囲まれているので、窓にはカーテンも付けていない。壁は病室みたいにまっ白だし、写真立てとか置物とか飾り物といった類《たぐい》のものもいっさいなし。そのせいか、女らしい雰囲気など微塵《みじん》も漂っていない。

片づけ上手で、処分の達人。「思い出の品」と名の付くものなど、苦手でしかない芙美子にも、けれども「どうしても捨てられない物」というのがひとつだけあって、それが、十何年か前に母からもらった一通の、というよりも一枚の、手紙、というよりも紙切れなのである。

受け取ったのは、ふたりで温泉旅行をした帰り道だった。

別れ際、芙美子の運転するレンタカーの、助手席からすぅっと手渡された縦長の薄い茶封筒のなかに、その紙切れは入っていた。決して薄くはない一万円札の束と共に。便箋ではなくて、無造作に二つ折りにされたメモ用紙。黄ばんだ紙の上に並んでいた文字。

「これで　アクセサリでも　買って下さい　母より」

どうしても捨てられなかったその紙切れは、下の引き出しのいちばん奥、なんの見出しも付いていないファイルのなかに入っている。

取り出してみようとして、まぶたをあけ、引き出しに手を掛けかけた芙美子は、反射的にその手を止めた。引っ込めた、というのが正しい。

見ないでおこうと思った。今はまだ、見ることができない。見たくない、という気持ちもある。あんなものを見てしまって、気持ちが揺れ動いたり、感傷的な思いに足を引っ張られたり、あるいは後悔に苛《さいな》まれたり、したくない。

心に立つかもしれない波風が、芙美子には煩わしく思えてならない。物や人間関係の整理は得意だが、自身の心のそれは、いくつになっても――来年の誕生日が来れば、芙美子は六十歳になる――なかなかに難しい。しかし同時に、親をふくめて他人を理解するためには、自分を見つめ、己の心を整えるしかないのだということも、今の芙美子には、わかっている。

仕事を始めよう、と、芙美子は思った。

いつものように静かに、ひとりきりで、外の世界につながるすべての窓を閉じ、入り口の扉も出口の扉も閉め切って、書き始めよう。

書くことは芙美子にとって、理解するということに等しい。理解することは、受け入れること。受け入れて、許すこと。許すことは、愛するということに、つながっているのだろうか。あるいは、母を理解し、受け入れるということは、自分を理解し、受け入れるということ？　それは、書いてみないとわからない、と、芙美子は思う。書き始めよう。記憶を道案内人にして、「声」を道しるべにして、母について。

私の母について。

私の母、片江奈美子は、一九三二年三月に、神戸で生まれました。

昭和七年のことです。

母が生まれたのは、どんな時代だったのでしょうか。

前の年の九月に、日本軍は満州事変を起こし、国際世論から激しい非難を浴びましたが、母の生まれた三月には、武力で侵略して占領した満州国の建国を宣言し、さらに国際的に孤立します。軍部の政治的影響力は肥大する一方で、政党内閣制は崩壊し、翌年にはついに国際連盟を脱退し、日本は一気に戦争とファシズムの時代に突入していきます。

昭和十二年、母が五つになったとき、一家は神戸から、兵庫県の山奥にある農村へ引っ越しました。疎開ではありません。農家を継いでいた片江家の長男が病気で急死したため、急きょ、次男である母の父が跡を継ぐことになったのです。

母は四人きょうだいの二番目でした。上に兄がひとり、下には弟と妹がひとりずつ。なだらかな山々と、田んぼと畑と果樹園に囲まれた、平和でのどかな田舎の村で、母たちは山に登ったり、池で泳いだり、河原の土手を走り回ったりして、無邪気に遊びました。

けれども、時代は平和でものどかでもありません。日本は戦争の泥沼にずぶずぶ沈んでゆくばかりです。日中全面戦争、「挙国一致」体制の強化、国家総動員法の発布、日独伊三国軍事同盟、日米交渉打ち切り、そして、勝算のきわめて薄い太平洋戦争へ。

母の少女時代はそのまま、この、無謀で残酷非道で、悲惨な戦争に重なっています。

「どんなに勉強したくても、させてもらえへんかったんよ。学校へ行くと、教室のかわりに畑へ行かされてな、芋掘りばかりやらされてたんや。芙美子は幸せモンや。ええ時代に生まれてきたな。学校へ行って、勉強ができるだけで、それはそれは幸せなことなんよ」

戦争が終わった年、母は十三歳でした。

戦時中、まともな教育を受けていなかった母でしたが、本を読むのがたいそう好きだったようで、独学で、さまざまな知識を身につけたものと思われます。大卒の私よりも母の方が多くの漢字が読めたし、言葉の意味もよく知っていました。

向学心に燃える母は、中学を出たあと、女学校へ進みたかったようでしたが、祖父は許しませんでした。嘘みたいな本当の話ですが、当時は「女に学問は不要」と考える人が多かったのです。

農家は兄が引き継ぐことになり、母は中学卒業後、近所の町にあった缶詰工場の事務員として、働くことになりました。

自転車で工場に通い、退屈な仕事に明け暮れながら、もらった給料の半分は家に入れ、残り半分で、母は本を買いました。小説を読むのが、母は三度のごはんよりも好きだったのです。

「小説を読んでいるとな、浮き世の嫌なことは何もかも、忘れてしまえるんや。かたっぱしから、読んだよ。好みに一貫性はあらへんかった。活字中毒や。節操なく、手当たり次第に読んだわ。谷崎潤一郎、石坂洋次郎、坂口安吾。石井桃子の童話も好きやった。あとは、誰かなぁ。梅崎春生、石川達三、井伏鱒二、太宰治、宮本百合子、アンネ＝フランクの日記も読んだわ。感動したなぁ。大岡昇平、吉川英治……」

働きながら、母はせっせと本を読みつづけ、読みふけり、いつしか、自分も小説家になりたいと、ひそかにあこがれるようになっていました。

母のいちばん好きだった作家は、林芙美子。

だから彼女は私に「芙美子」と名づけたのです。

いつだったか、たぶん、北海道で学生生活を送っていた私が、実家にもどってきたときだったと思いますが、母の書棚に並んでいた『浮雲』を、何気なく取り出してぱらぱらとめくっていたとき、裏表紙の見返しのすみっこに「我、成長シタラバ、小説家トナランコトヲ欲ス」という、筆書きの一文を発見したこともあります。

若き母に転機が訪れたのは一九五二年、昭和二十七年のことでした。

日本もまた、大きな転機を迎えようとしていました。前年の九月に調印された「対日講和条約」が発効され、アメリカ軍駐在のもと、平和国家としての新たな一歩を踏み出そうとしていたのです。

工場の夏休みを利用して、友人たちと遊びに出かけた姫路の街角で、母は、掲示用の看板に貼られた求人広告に目を留めます。

そこには「電話交換手募集」と書かれた紙が貼られていました。

「文字がきらりと光って見えたんや。うちはその光に吸い寄せられた。これやと思った。これしかない。息苦しいだけで、明るい未来のない農村を出ていこうと、うちは心に決めたんや。自分の未来は自分で切り開かなあかんと思うてな」

日本電信電話公社、のちのＮＴＴが発足したのは、その年の八月。

母はそのとき、二十歳でした。

五名の求人に対して、応募者は六十名。母は試験に合格し、難関をくぐり抜けて五名のうちのひとりに選ばれ、翌年の四月一日付で、日本電信電話公社、通称「電話局」の交換手第一号となります。

接続プラグを手に交換台の前に座り、かかってきた電話に出て、その人のかけたい相手の番号の穴にプラグを差し込み、電話をつなぐ。これが、母の見つけた新しい仕事。母にとっては、希望と明るい未来をつなぐ「回線」でした。

母はこの仕事が気に入っていたようです。単調なデスクワークよりも、外向的で社交的な彼女の性に合っていたのでしょうか。

交換手として働き始めたその年に、母は職場で知り合った「新米の主任」から交際を申し込まれます。新米の主任は当時、岡山市内にある電話局で働いていました。研修か何かで姫路の局に来たとき、母に出会って、一目惚れしたようです。

やがて、ふたりはつきあい始めます。

母は休日になると、列車に揺られて岡山まで出ていき、新米の主任とデートをしました。主任が姫路を訪ねてくることもありました。

主任は、母よりもひとつだけ年上の気のいい青年。母が岡山を訪ねてきた日には、自転車で駅まで迎えに行き、母をうしろに乗せて、後楽園や烏城《うじょう》や旭川のほとりへ連れていきます。彼の趣味は、映画や絵画の鑑賞と、スケッチ。後楽園の芝生の上で、母の姿をスケッチしたり、時には列車で倉敷まで遠出し、大原美術館で名画の解説を試みるなどして、母の心をつかむことに成功したようです。

二年の交際を経て、ふたりは岡山で結婚式を挙げました。それよりも少し前に、母は転職願いを出して認められ、岡山の電話局の交換手になっていました。

二十三歳と二十二歳。若い夫婦です。

ふたりが結婚したのは一九五五年、十一月三日。

私が生まれたのは、翌年の三月。

ということは、結婚したときにはすでに、私は母のおなかのなかにいたことになります。

「予定日を過ぎているのに、なかなか出てきいひんかった。生まれてきたときには、まるまる太って、髪の毛は黒々として、頬はピンク色に染まって、えらい別嬪《べっぴん》さんやったんよ。看護婦さんたちも、こんなきれいな赤ん坊は今までに見たことがない言うて、ほめて下さった」

三月十七日の朝まだき、午前三時のことでした。


そこまでをひと息に書いて、芙美子はペンを置いた。愛用している万年筆で、四百字詰めの原稿用紙、九枚があらかた文字で埋まっている。

パソコンを使ってメールの送受信はしているものの、原稿はいまだに手書きで原稿用紙に書いている。何度も書き直しをしたあと、時間をかけて清書して、速達書留か宅配便で依頼主に送る。「そんなことしてたら、時代に乗り遅れるよ」と揶揄した友人に対して

「だって、私がしているのは書き物だもの。打ち物じゃないんだから」と言い返したことがあった。

いくつかの地方都市の図書館が名を連ねている「日本図書館文芸協会」から、隔月刊で発行されている、あたかも同人誌のような文芸雑誌。小説やエッセイや詩などが掲載されている。プロの作家の書いたものもあれば、一般人の投稿作品もある。随筆家の芙美子に依頼されたのは、リレーエッセイ「私の母」で、文字数は四百字詰め原稿用紙に換算して三十五枚から四十枚程度で、とのこと。締め切りまでは、一週間ほどの余裕がある。

まだインクの乾き切っていない最後の一行を、芙美子は見つめた。

——三月十七日の朝まだき、午前三時のことでした。

ここから先を書くのは、芙美子にとっては幾分、つらい作業になる。しかし「書く」という行為は人に、喜びと悲しみをほぼ同量ずつ、もたらすものだということも重々、承知している。

もう一度、冒頭から読み直してみよう、と、芙美子は思い立つ。ある地点まで書いたとき、そこから先へ進む前に最初にもどって、一からやり直していかなくてはならない、まとまった文章を書こうとするときには、必ずそういう地点にたどり着く。今がそのときだ。今、自分はそういう地点に立っている。

読み直していきながら、芙美子はあることに気づく。気づいて、うなずく。

この原稿には、少なくともここまでの部分には、書かれていないことがある。すっぽりと抜け落ちている「あること」がある。あるいは、欠けているがゆえに、存在感を強く主張している「あるもの」——。

それは「目」だと、芙美子にはわかっている。

抜け落ちているのは、母の目。

その目が見えない、ということ。

林芙美子の『浮雲』の裏表紙の見返しのすみっこに「我、成長シタラバ、小説家トナランコトヲ欲ス」という、筆書きの一文を発見したとき、大学生だった芙美子は、思わず息を吞んだ。なぜならその頃、母の目は、急な坂道をまっさかさまに転げ落ちるような勢いで、視力を失いつつあったから。

意を決して、芙美子は下の引き出しをあけ、ファイルに収めてある手紙を取り出す。

「これで　アクセサリでも　買って下さい　母より」

太めのサインペンで縦に書かれた文字は、まっすぐには並んでいない。右へ、左へ、まるで幼稚園児の行列みたいに、あるいは、バスに揺られている人の肩のように、あっちへ行ったり、こっちへ行ったり。小刻みに震えている文字もある。ゆがんでいる文字もある。

「買」という漢字は解体している。「母」もばらばらに崩れている。

何度、目にしても、そのたびに、芙美子は胸を衝かれる。

ほとんど目の見えなくなった母が、手探りで書いた文字。

小学校へ上がる前の子どもが、遊びで書いたような文字。

初めて目にした直後に思ったのと同じことを、芙美子は傷あとをなぞるようにして、性懲りもなく、思ってみる。母にはなぜ、私がいつも、指輪もネックレスもイヤリングも、どんな貴金属も身に着けていないということがわかったのか。見えない目に、どんな娘の姿が映っていたのか。

ため息にも似た深呼吸をひとつして、芙美子は原稿用紙のページをめくった。

まだ何も書かれていない、まっ白な原稿用紙の升目を見つめながら、ペンを握りしめた芙美子の脳裏に、記憶が数珠つなぎになって、よみがえってくる。

実家の庭の梅の木。母の植えた、梅の木。曲がった枝、まっすぐな枝、折れそうな枝、枯れ葉を一枚だけ、くっつけた枝。枝に付いた新芽。膨らんでゆくつぼみ。長い冬が終わったあと、まっさきに花を咲かせる白梅。その前で撮った、母娘の写真。

「松竹梅のなかで、花が咲くのは梅だけやろ。せやし、お母ちゃんは梅が好きなんや。梅は縁起のええ木なんや。結婚祝いに贈ることもあるくらい」

庭で栽培している紫蘇《しそ》を使って、毎年、丹精して漬けられる母の梅干し。ふっくらとした実の皮は柔らかく、中身は豊潤で、甘さと酸っぱさのバランスがちょうどよく、色も見た目もきれいだった、母の自慢の梅干し。しかしその梅干しが次第にうまく作れなくなってゆく、母の苦悩の年月。

母の買ってくれたピアノ。私が練習をしていると、聞いていないふりをして、いつも廊下や台所に立ったまま、背中で聞き耳を立てていた母。私が弾き間違えると、つい「間違《まちご》うた」と口を出してしまって、しょっちゅう私に嫌がられていた母。大人になって、私が家を出ていき、ピアノを弾くこともピアノに触れることもなくなってから、このピアノがもとになって、母と大喧嘩をした。

あのときの傷はいまだに残っている。この胸――心の容れ物――のどこかに。

母はあざみで、私はたんぽぽだった。

咲く季節も違えば、花の色も、姿形も、咲く場所も、性格も、何もかもが違っていた。母は棘だらけの葉っぱと茎で、隙あらば私を刺そうと、手ぐすねして待ちかまえていた。私は母の棘から逃れようとして、ふうわりふうわり、綿毛みたいに風に吹かれて飛んでいこうとした。

母から、できるだけ遠くへ。

母の棘に刺されないように、自分の身を守ろうとして。

何から書けばいいのか、どこから書けばいいのか、書きたいことがたくさんあるようで、実はたったひとつしかないような気もして、芙美子は混乱し、怯《ひる》んでしまう。

「たったひとつ」の正体が「後悔」であることを、芙美子は認めたくない。認めたくないけれど、さっきから、胸の内側で逆巻いているのは、後悔の白煙である。

あのとき、あんなことをしてしまって、私は馬鹿だった。

あのときには、ああすれば良かった。

あの夜、あんなことを言うんじゃなかった。

あの夜、私はどうすれば良かった？

あの夜――

後悔の渦のなかから、ひとりの女性の姿が浮かび上がってくる。

いつの年だったか、芙美子がひとり旅をしたときに乗った飛行機のなかで、見かけた人だった。

ニューメキシコ州のサンタフェを訪ねるために、テキサス州のダラスで乗り換えた飛行機のなかで、その人は、通路を隔てて芙美子の隣に座っていた。ちょうど母と同じくらいの年格好をした、八十代と思しきアメリカ人女性。彼女は、折りたたみ式の白い杖を手にしていた。母と同じように、目の見えない人だった。それでも果敢にひとりで旅をしている。サンタフェで暮らしている子どもか孫に、会いに行こうとしているのだろうか。それとも、ダラスで家族に会ったあと、サンタフェにある老人ホームにもどっていこうとしているのか。銀髪の老女の、見えない青い瞳を目にしたとき、芙美子は思った。この旅行に、無理をしてでも、母を連れてきてあげれば良かった、と。

結婚する前の年の七月、母は神戸の大学病院で、右眼の手術を受けています。

「子ども時代の栄養不足と本の読み過ぎがたたったのか、遺伝的なこともあったのか、十代の頃から強度近視になってしもうてな、レンズのぶ厚い眼鏡をかけとったんやけど、それでもどんどん目が悪うなっていって、二十歳になった頃には、眼鏡だけではとても矯正できへんくらいまで近視が進んでたんや。近視というより弱視やな」

まだコンタクトレンズの存在しなかった時代です。

母は大学病院の医師のすすめで、右眼の水晶体を抜き取って、人為的に遠視にする、という手術を受けました。右眼の手術がうまくいけば、左眼の手術も受けるつもりだったのでしょうか。結果的には、このときの手術がもとになって、母は三十代以降、右眼の視力を失っていく――それに伴って、左眼も悪くなっていく――のですが、一時的には「手術は成功」と、母もまわりの人たちも喜んでいたようです。

恋人だった父も、三日に上げず入院中の母を見舞い、励ましました。

その頃の若いふたりのスナップ写真のなかには、右眼に眼帯をはめている痛々しい母の姿が写っています。痛々しい母は、けれどもとても美しいのです。美しい母は、髪の毛を短く切り揃え、左眼をぱっちりと見開いて、カメラを構えている父を見つめています。凜とした表情のものもあれば、相好《そうごう》を崩して全身で笑っているものも。病院で父からプロポーズをされて、母はうれしくてたまらなかったのでしょうか。

退院のお祝いとして、父はボーナスをはたいて蓄音機を買い、母に贈りました。

魔法の箱です。右側にハンドルが付いていて、それをぐるぐる回してから、レコードをセットし、針を落とします。すると、音楽が流れます。

「これで、好きな美空ひばりのレコードを思う存分、聴いて下さい言うてな。あの人はもっぱらクラシック専門やったけど」

こうしてふたりはめでたく結婚し、まるまる太った赤ん坊も生まれ、洗濯機、冷蔵庫、テレビ――「三種の神器」と呼ばれていました――も買い揃え、岡山市のはずれにあった、母曰く「おもちゃの家みたいな」公団住宅で、新婚生活を送っていました。

八月の終わりの昼下がりのことでした。

おなかが空くと声を張り上げて泣き、舌なめずりをしながら乳を求める、生後五ヶ月の私に母乳を与えていた母のもとに、広島から電報が届きます。一ヶ月ほど前から広島で研修を受けていた父が通勤の途中で車に撥ねられ、救急車で病院に運ばれたものの、手当ての甲斐もなく意識ももどらないまま死亡した、という知らせでした。あとでわかったことですが、自転車を押しながら、青信号で道路を渡ろうとしていた父を撥ねた車の運転手は、酒気帯びで居眠り運転、信号無視だったそうです。

母は気丈な人でした。

「最初の頃は、悲しいというよりもむしろ怒りが先に立ってな。腹が立って、腹が立って、どうしようもなかった。なんで、うちらを置いて、あんただけ勝手にあの世に行ってしもうたんや言うて、空に向かって毎日、毎晩、叫びたいような気持ちやった」

葬儀が終わったあと、母は美空ひばりのレコードを片っぱしから蓄音機のハンドルにぶつけて、割ってしまったといいます。父の愛していたクラシックのレコードは、父といっしょに天国に行かせたそうです。

「あの人があっちでも、好きな音楽が好きなだけ聴けるように」

どんなにつらくて、どんなにくやしくて、どんなに心細かったことでしょう。母は運命を呪い、神様を呪いました。

　でも、母はくじけませんでした。

「芙美子がいてくれたから、うちは乗り越えることができたんよ。あんたのおかげや。悲しみの涙をいくら流しても、涙では子を大きくすることはできへんやろ。せやし、泣くのはやめたんや」

　母は私を連れて実家にもどり、祖父母と伯父夫婦と叔母の助けを借りながら、私を育ててくれました。

　大家族のなかで大きくなった私は、父親のいない寂しさというものを、ほとんど感じていなかったように思います。私はみんなから可愛がられ、文字通り何不自由なく、成長していきました。お人形も、絵本も、洋服も、おもちゃも、欲しいものはなんでも買ってもらえたし、早くからピアノ教室へも通わせてもらっていました。

　私が四つか五つになったとき、母は古巣だった姫路の電話局で再び職を得、私たちは、市内にあるアパートに引っ越しました。母ひとり子ひとりの、つつましやかなふたり暮らしの始まりです。母が働いているあいだ、私は保育園に預けられることになりました。

　まわりの人たちはみんな、この引っ越しに反対したようです。が、母の決心は揺らぎませんでした。

「こんな田舎にいたんでは、芙美子をええ学校に進ませられへんと思うてな」

母の悲願は、私を大学に行かせることでした。戦時中「学校へ行っても勉強させてもらえへんかった」母は、教育を受けることの大切さを身をもって知っていました。また、職場では、自分の学歴が中卒であるために「いつまで経っても下っぱの雑多な仕事しかさせてもらえへんのや」と、非常に情けない思いをしていました。あとから入ってきた若い人たちが、母を追い抜いてどんどん昇進していくのを、母は唇を噛みながら、見送っていたのだと思います。

母は負けませんでした。

彼女は努力家でした。片方のレンズは強度近視用、もう片方は老眼用、だから「片方は渦潮ぐるぐる、もう片方は怪物みたいに大きな目」の眼鏡をかけて、暇さえあれば本を読み、独学で英語をマスターし、楽譜も読めるようになり、裁縫や編み物や料理にも熱心で、私の着る服はほとんど母の手作りでした。

母はチャレンジ精神の塊でした。

あるいは母は、自分の目が少しずつ、少しずつ、悪くなっていっていることに気づいていて、「このままではいけない、なんとかしないと」と、焦っていたのでしょうか。

そのうち、母は電話局で働くかたわら、お師匠さんに付いて三味線と民謡を習い始め、私が小学校を卒業する頃には、しかるべき資格を取得していました。

それだけではありません。いつのまに、そんなにお金を貯めていたのか、おそらく実家の援助もあったのでしょうが、母は、姫路市の近郊にできたばかりの新興住宅地に立っている「マイホーム」を手に入れたのです。

その家に、母とふたりで引っ越してきた日のことは、今でもよく覚えています。真新しい畳の上に、窓から射し込んでいた光の色と角度までが、目に浮かびます。

小学校を卒業し、中学校に上がる前の春休み。

私は十二歳、母は三十六歳でした。

六畳の部屋がふたつ、四畳半がひとつ、三畳くらいの台所。平屋の一戸建てです。そんなに大きな家ではありません。けれども、子ども心にそれは「大きなおうち」に見えました。家が小さいわりには、広い庭が付いていたからかもしれません。

引っ越してからほどなく、母は植木屋さんに頼んで、庭にさまざまな木を植えました。木蓮、さつき、沈丁花《ちんちょうげ》、あじさい、きんもくせい、ぎんもくせい、山椒、松、ヒマラヤ杉、そして、母のお気に入りの梅の木。庭にはさまざまな小鳥たちが集まってきて、さながら小鳥の楽園のようでした。

「あそこが、芙美子のお部屋や。あけてごらん」

玄関から台所を通り抜けて、廊下の突き当たりにある開き戸をあけたとき、私は「あっ」と声を上げて驚きました。

そこには、アパートでは「無理やわ、堪忍な」と言われていた、喉から手が出るほど欲しかった、ピアノが置かれていたのです。

そのピアノは、やがて母と私の縁を切ることになる、あまりにも大きな黒い箱でした。

ふと気がついたら、夕暮れ時になっていた。

仕事部屋には、秋のうす闇が忍び寄ってきている。あと一時間もすれば、この闇が急に夜に吸い込まれて、あたりはまっ暗になる。

きょうはここまでにしておこう。芙美子はそう思って、ペンを置く。置いた端からまたすぐに取り上げて、原稿用紙の近くに広げたままにしてあるノートに、あした書くべきだと思えることを、思いつくまま、書き並べてみる。

大学生活（駆け足で）。私の恋愛（母の恋愛も？）。悪くなっていく母の目、手術、再手術、入院、再入院。奇跡のように回復した視力。だがそのあとで網膜の難病を併発し、もっと悪くなる。母、絶望する。真夜中にかかってきた電話。無視した私、泣き叫ぶ母。へレン・ケラー。

書けるだろうか、と、メモを見ながら芙美子は弱腰になる。書かないでどうする、という思いと、これは自分のための書き物なのか、他人のためなのか、という思いがせめぎ合っている。他人を喜ばせるためなら、身内の不幸や悲しみを「売り物」にしてもいいのか、いや、むしろ腹をくくって、そうするべきなのか。

敬愛している作家の書いた言葉を、芙美子は思い浮かべてみる。

――離れてはいけない。飛び越えてもいけない。もっといけないのは、わかったようなふりをすることだ。追求するのだ。徹底的に追い求め、追い詰めるのだ。そこからしか、真実の言葉は生まれない。真実の言葉で、真実だけを書け。それが小説家の仕事だ。

芙美子は小説家ではないものの、文章を書くことで生計を立てられるようになって以来、この女性作家の言葉を座右の銘としている。ただし「真実だけを書け」というところを、芙美子は自分用に「事実だけを書け」と言い替えている。

事実だけを書こう、と、芙美子は思う。事実だけを提示すればいい。解釈は読者にゆだねればいい。どう思うかは、人それぞれだし、人の自由だ。

芙美子はメモ書きをつづける。

難聴。母の苦しみ。見て見ぬふりをしていた私。私の結婚。猛反対される。母の怒り。

結婚に失敗する。母に助けを求める。杖をついて、階段を上がってゆく母の背中。白い杖。母から離れたい一心で、カナダへ。母、激怒する。ピアノの一件。絶縁。

そこまで書いてから、芙美子は電気スタンドの紐を引っ張って、明かりを点けた。

まっ暗な部屋に突然ともった光のまぶしさに目を細めたとき、芙美子の耳に、母の声がよみがえってくる。

「若い頃、手術を受けた方の目に、ときどきふっと、小さな黒い点のようなものが見えるようになってな。おかしいなぁと思うてるうちに、あれよあれよというまにその黒点がだんだん大きくなっていったんや。朝、起きるとな、前の日よりも確実に、黒い点は大きくなっていて、それがなんともいえず、怖かった。ああ、これがだんだんだんだん膨らんでいって、そのうち、うちの目は見えんようになるんやなと思うた」

しかしながら、二度の手術によって、その黒点は消えた。一時的ではあったにせよ、母の目は治った。

神様は母にぬか喜びをさせたのだ。芙美子は八百万《やおよろず》の神を恨む。運命の神様は、なんて意地悪な、なんて残酷なことをするのだろう。それともあれは、全盲になる運命の母に、同情した神様が与えた、最後のつかのまの希望の光だったのか。

それから、芙美子はゆっくりと、たぐり寄せるようにして思い出す。

芙美子が今、いちばん思い出したいと思っている言葉だ。

「うちの見ている世界は、実はまっ暗やないんや。その反対で、まっ白なんや。目が見えん人というのはまっ黒な闇の世界にいると、世間では思われているやろ？　お母ちゃんの場合は、まっ白なんや。何もかもが白い、乳色をした、幻想的な霧に包まれているみたいな世界や。その霧のなかにぼーっと、影みたいなものが見える。今の芙美子も、そんな影みたいな感じに見えるわ」

「へえ、そうなの。何もかもが白く見えるの？　知らなかった」

「うちはな、視力はなくなったけど、なくなってからの方が、それまで見えんかった色々なものが見えるようになった。うちは神サンに視力を取り上げられたけど、代わりに『特別な人』という称号を与えられたんかもしれん。苦労は多いけど、うちは不幸やない。世の中には、目は見えとるけど、不幸せな人がぎょうさんおるやろ。お母ちゃんは幸せや。せやし、芙美子はなんにも心配せんでええ」

最後にいっしょに食事をした夜だった。

「お母ちゃんは幸せや」と母は言って、向かいの席に座っている芙美子の手を握った。そして、芙美子の右手の中指にはまっている指輪を、愛おしそうに撫でた。いつだったか、温泉旅行の帰りに母にもらったおこづかいで買った、ダイヤモンド入りのファッションリング。

「なんや、あんた、こういうモンは、男に買《こ》うてもらうモンやで。情けないなぁ」

「悪かったわね。男のひとりもモノにできなくて」

今、芙美子の手には、どの指にもどんな指輪もはまっていない。あの夜は、母に「見せる」ためにわざわざはめていったが、そのあとはケースに入れて、どこかに仕舞い込んだままになっている。

いつのまにか、芙美子の頰を熱い涙が伝っていた。この涙はいったいどういう種類の涙なのだろうと、流れるに任せて、芙美子は思っている。うれし涙でもないし、悲しみの涙でもない。くやし涙でもないし、後悔の涙でもない。

塩辛い涙を舐めながら、芙美子はふっと頰をゆるめた。この涙はインクだ。母のくれたこのインクにペン先を浸して、あした、つづきを、この原稿を最後まで書こうと、芙美子は思った。


小・中・高校時代を通して、母は私に余計な劣等感――父親がいないという理由による――を抱かせないために、ありとあらゆることをしてくれたように思います。もちろん、祖父母や親戚からの援助もあったのかもしれませんが、母は電話局で働くかたわら、内職の仕事を掛け持ちし、手作りできるものはなんでも自分で作り、自分に関係しているお金はひたすら切り詰めて、私の大学進学のための貯金をし、私には「本はいくらでも買いなさい」と言って、少なくないお小づかいを与えてくれました。その頃、フォークソングにかぶれていた私は、本よりもレコード集めに夢中でしたけれど。

北海道大学を受験したい、と言ったとき、母は特に反対はしませんでした。

「えらい遠いとこへ行く気になったもんやな」

と、感心しながら、私立よりも学費の安い国立大学を目指していた私を応援してくれました。

私が志望大学に合格し、家を出ていってから、母は電話局の仕事を辞め、自宅で民謡教室を開きました。母の腕が良かったのか、明るい性格が功を奏したのか、評判はとても良く、そのうち、近所の公民館やカルチャースクールからも声がかかるようになり、母は三味線を抱えて飛び回っていました。仕事は充実していたようですが、目は悪くなるばかりで、二度にわたって受けた手術の甲斐もなく、母は急速に視力を失っていきます。

一方の私は札幌で、青春を謳歌していました。初めてのひとり暮らし。初めての恋愛。恋人と呼べる人もできて、母のことなど眼中にありません。糸の切れた凧みたいなものです。姫路への帰省も間遠になり、母からは「あんたは十八歳で、家出をしたようなもんやな」などと、しょっちゅう愚痴をこぼされていました。

そんなある夜のことです。

真夜中の十二時を過ぎた頃、アパートの電話が鳴り響きました。当時はまだ留守番電話などありません。かかってきた電話には、出るしかないのです。

「もしもし」

「芙美子か？」

「お母ちゃん？　どうしたの、こんなに夜遅く」

ちょうど寝入りばなだったこともあり、私の声はかなり不機嫌だったと思います。

「もどってきて。なあ、芙美子、帰ってきて、お願いや」

いっぺんに目が覚めました。なぜなら、母は泣いていたからです。母が電話口で泣くなんて、今までになかったことです。

「どうしたの？　何があったの？」

「お母ちゃんなぁ、ヘレン・ケラーになってしもたわ。このままやと、目だけやのうて、耳も聞こえへんようになるかもしれん。芙美子、どないしょう。お母ちゃん、もう生きていかれへんわ。お先まっ暗や。帰ってきて。帰ってきて、お母ちゃんといっしょに暮らして、な、お願いや」

あとで聞いた話によれば、目の再手術のあと、飲みつづけていた薬の副作用で、母は難聴になっていたのです。母の絶望は、頭では理解できました。民謡教室の仕事をつづけていくためには、聴力は欠かせないでしょうから。

母の、悲鳴にも似た「もどってきて」を聞きながら、けれども私は冷ややかに、窓の外の夜の闇を見つめていました。私には、どうすることもできない。そう思っていました。母は母。私は私。母に母の人生があるように、私にも私の人生がある。

そのとき、私のベッドの上では、いっしょに暮らし始めたばかりの恋人が裸で眠っていたのです。

「帰ってきて」

「できないよ、そんなこと。授業もあるし、それともまさか、大学を中退しろって意味？」

「お願いや、芙美子」

母の願いを聞き入れることは、私にはできませんでした。

「ごめんね、でも私、お母ちゃんの操り人形にはなれない。もう切るよ、遅いから」

冷たくそう言い放って、受話器を置きました。ほかに、どうすることができたでしょう。母の苦しみよりも、私を追い詰めがんじがらめにしようとしている母の存在が、そのときの私にとっては、耐え難く重いもののように思えていたのです。

母よりも大事だと思えた二歳年上の恋人と私は、私が大学を出た直後に結婚しました。彼は京都の人で、長男で、家業の跡取り息子でもあったので、私は京都で彼の両親と同居することになりました。京都なら、実家にも近いのでいつでも母に会いに行けます。だから、母も喜ぶだろうと思っていました。

母は猛反対しました。

「やめとき。そんな人といっしょになったら、後悔するだけや。おまえに、長男の嫁がつとまるわけがないやろ。京都の姑さんからしたら、おまえなんか、ただの小便《しょんべん》くさい田舎モンや。馬鹿にされて、いじめられて、悲しい思いをするだけや」

母の言った通りになりました。夫には浮気をくり返され、義母との折り合いも悪く、その結婚はわずか一年半ほどで破局を迎えます。

「おまえは顔を出さんでええ。お母ちゃんがひとりで行って、話をつけてきてやるわ」

離婚届だけを置いて、婚家から実家にもどってきた私に、母はそう言って、ひとりで京都まで出向いていきました。新幹線乗り場につながっている駅の階段を、杖をついて上がっていく母を、私は階段の下で見送りました。

そのときの母の背中が、いまだにまぶたの裏に焼きついています。その頃、母の目はまだ全盲ではなく、辛うじて、見えていたようです。そのせいで「白い杖の認可が下りない」と、嘆いていました。

それからわずか二年足らずのあいだ、私は家の近所にある歯科医でアルバイトをしながら、母とふたりで実家で暮らしていましたが、高校時代の同窓会に出席したとき、カナダ在住の同級生から「トロントの日本人学校で教師を募集している」という情報を得、大阪で面接試験を受けて合格、その年の暮れに、渡航することになったのです。

母はなぜか、激怒しました。「なぜか」と書いたのは、それまでずっと、母は「女は仕事が大事や」と、私に説教をしつづけていたからです。

「ようわかったやろ？　夫も結婚も家庭も、そんなものはおまえを守ってはくれへん。いつ消えてなくなるか、わからん。けど、仕事だけはおまえの味方や。一生つづけていけるような仕事を見つけることが肝要や。いつまでもアルバイトをしているようでは、先が思いやられる。もっとしっかりした職業を見つけなあかん」

カナダへ渡る決心をした理由は、実はそれだけではありません。母と暮らしていた二年間、母から愚痴や説教ばかり聞かされて、ほとほと嫌気がさしていたのです。母の言葉にはいちいち棘があり、その棘が朝から晩まで、私をちくちく刺すのです。刺されると、傷つきます。それは「愛情からや」「母の愛や」と言われても、刺されている方はただ痛いだけなのです。私は、母から遠く離れたい、できるだけ遠くへ行きたい一心で、カナダへ行く決心を固めました。思い返せば、北海道大学を受験したのも、深層心理の領域では、母からできるだけ遠くへ、という願望があったからなのかもしれません。

「芙美子、話がある」

渡航の準備を着々と進めている私に、母は言い渡しました。まさに五寸釘を刺すように。

「出ていくなら、このピアノ、持っていけ。おまえはお母ちゃんを捨てて出ていくんや。もう二度と、もどってこんでもええ。それだけの覚悟があるんなら、勝手に出ていけばええ。ただし、ピアノだけは自分で持っていけ。これはあんたのモンやろ。ここに置かれたままやと、うちには邪魔なだけや」

私は返す言葉もなく、ただ黙って、うなだれていました。母が意地悪をしているとしか、思えません。私を困らせるために言っているとしか、思えません。ピアノをカナダまで送るなんてできそうもないし、どうすればいいのか、私は途方に暮れました。預かってくれる人を見つけるために、友人、知人、ひとりひとりに声をかけて打診し、結局、大学時代の友人のひとりが「東京まで送ってくれるなら」という条件付きで、引き取ってくれることになりました。

ところが、いよいよピアノを実家から運び出すことになった日、母は言ったのです。

「なんでこんなことするんや？　このままここに置いておけば、うちの教室の生徒さんのお孫さんにでも弾いてもらえるやないか」

今度は私が激怒する番です。

「そっちが邪魔や邪魔やと言うから、必死で、預かってくれる人を探したんじゃない」

「預けるいうても、それはタダでくれてやるようなものや。あんたは、お母ちゃんが苦心惨憺《さんたん》して買《こ》うてやったピアノを、他人にぽーんとくれてやる気か」

「何よ、勝手なことばかり言って。人を困らせるのがそんなに楽しいの？」

「勝手はそっちや。この親不孝者！　縁切りや」

「こんな腐れ縁、こっちから切らせてもらうわ」

売り言葉に買い言葉。激しい口論の末に、私は心のなかで母と縁切りをし、カナダに向かって旅立ちました。もう二度と日本へはもどってこない。母がもどってくるなと言ったからだ。頼まれてももどらない。そんな悲壮な決意を胸に抱いて。

ここからあとのことは、少し駆け足になります。

絶縁したといっても、所詮、母と娘です。

私は母から生まれてきた存在で、母は私をこの世に産んでくれた存在です。切っても切れない、切ろうとしても切れない縁で、ふたりの人間ではあるものの、その実、地中ではひとつにつながっている根で、結ばれているのかもしれません。母は茎にも棘のあるあざみで、私はひ弱な茎のたんぽぽでしたが、あざみもたんぽぽも、綿毛を飛ばして種を根づかせようとする、似た者同士です。

カナダに移住して数年後、私が三十代になる少し前に、叔母があいだを取り持ってくれて、私たちはあっけなく仲直りをしました。

その頃、母は完全に視力をなくしていましたが、そのことでかえって気持ちが吹っ切れたのか、さばさばした感じになっていました。

「芙美子はなんにも心配せんでええ。足腰がじょうぶな限り、うちはひとりでも何不自由なくやっていける。いざとなったら、介護の人も来てくれるしな。いよいよのときには、この家を売って、しかるべき施設へ入る。それくらいのお金はもう貯めてあるんや」

私の書いた数少ない著書を、ボランティアの人に頼んでカセットテープに吹き込んでもらい「芙美子の書いたモン、耳で読ませてもろうてるで」などと言っていました。

「こないだ出たんは、わりによう書けとったけど、その前のはなんや浮わついて、腰が座っとらん感じやった。障害者のことを書くのやったら、もっと性根を据えて書かなあかん。表面だけ掬い取って、きれいごとを述べてあるだけのように読めたわ」

「ご忠告、ありがとう。肝に銘じておきます」

仲直りの記念として、私の帰国時に、ふたりで東京旅行をしました。「一生に一度、東京見物がしたい」と母が言ったからです。東京タワー、上野、浅草、隅田川、新宿など、母の「行きたい」というところをほとんど全部、訪ねました。お花見もしました。別れ際

「どこがいちばんよかった？」とたずねた私に、母は言いました。

「どこがよかったか、そんなこと言われても、困るわ。こっちはなんにも見えとらんのやし。せやけど、あの公園、名前は忘れたけど、あの公園がよかった。あの公園のあのベンチに座れてよかった」

「あの公園って、どこの公園？　上野公園？　新宿御苑？」

母は「違う違う」と言いながら、首を横に振ります。

思い出すまでに、時間がかかりました。なぜならそれは名もない公園で、都内で暮らしている母の知己の家を訪ねようとして道に迷ってしまい、引き返す途中で偶然たどり着いて、ただ足を休めるためにベンチに座っただけの公園だったからです。木造りの前衛アートみたいなベンチ。そのまわりに木が植えられているだけの、なんだか素っ気ない公園でした。

「あのベンチのすぐ横に立っとった木に、花が咲いとったやろ」

確かに、梅にも桜にも似ているような花が咲いていました。見えない母の目に花が見えていたのは、香りのせいだったのでしょうか。

「あれは、なんの花やったん？　桜？」

問われても、私には答えられません。桜でも梅でも桃でもなかったことだけは確かです。

「桜じゃなかった。淡い感じの紅《くれない》の、可愛らしい感じの花だったよ」

そう答えると、母はふっと微笑んで「色は薄紅か」とひとこと返したあと、

「いつか、名前がわかったら教えてな」

と言いました。

私にはまだ、あの木の名前はわかっていません。ただ、毎年春が来ると、記憶のなかで咲く花を愛《め》でています。母とふたりで、あの楚々とした公園のベンチに並んで腰かけて。

最後に母に会ったのは今から五年前、亡くなる半年ほど前のことでした。年に一度の日本帰国をしているとき、母の入っている施設を訪ね、母といっしょに神戸まで出て、食事をしました。松花堂弁当を頼んで、仕切りのなかに入っている小さな器をひとつひとつ母の手に持たせてあげて、私が「それはお刺身」「それは里芋」「それはごま豆腐」と解説をしてあげると、母は「そうか」「そうか」と言いながら、うれしそうに口

に運んでいました。

「何を食べてるかがわかれば、味も楽しめるというもの。普段はな、手をしっかり洗って、手づかみで食べるんや。箸やとかえって食べづらい。手で食べるのも、なかなかええもんやで。インド人になった気分や」

そんなことを言って、私を笑わせてくれました。施設に入ってからも、母は民謡の先生として活躍し、みんなの人気者だったようです。

和気藹々《あいあい》とした時間を過ごして、タクシーで母を施設まで送り届け、特別な会話もなく「またね」「またな」と言い合って別れましたが、別れたあと、ホテルにもどってから、母に渡した紙袋――カナダのお土産が入ったもの――のなかに、私のサングラスを入れたままにしてしまったことを思い出し、私はあわてて電話をかけました。

「お母ちゃん、紙袋に私のサングラス、入っていたでしょ。また来年、会ったとき、覚えていたら渡して。私はもうひとつ持ってるから、大丈夫。ああ、もしも良かったら、お母ちゃんにあげるわ。良かったら、掛けてみて。レンズの色も濃くないし、普通の眼鏡みたいに見えるから、ちょっとお洒落でいいかも」

「そうか、お洒落に見えるか？　それなら掛けさしてもらおうかな。ありがたくちょうだいしておくわ。おおきにな」

それが、母とこの世で交わした最後の会話になりました。

去年の帰国時に、母の墓参りをしたあと、芙美子はふと思い立って、その昔、母といっしょに住んでいた家を訪ねてみた。訪ねると言っても、今は誰が住んでいるのか知りもしないので、ただ遠目にちらっと、見てみようと思ったに過ぎない。

ずいぶん前に人手に渡っていたから、家はすっかり様変わりしていた。二階建てになり、ガレージも付いていて、外壁の色も、玄関のデザインも変わってしまっていた。家の人たちは留守のようだった。賢そうでおとなしい柴犬が一匹、尻尾をちぎれんばかりに振って、芙美子に挨拶してくれた。

なんとはなしに心があたたかくなり、満足もして、芙美子はそのまま、通りすがりの歩行者よろしく去っていこうとした。と、そのとき、視界を黄色い小さな光の玉がよぎったような気がして、芙美子は立ち止まり、家の方をふり返った。

今のは、小鳥？

よく晴れて風のない、仲春の真昼だった。

低い竹垣で囲われた、庭が見えた。増築されたせいか、母と芙美子が住んでいた頃よりも、庭は半分以下の狭さになっている。花壇には丹精された花が咲きそろい、周辺には、カナダではあまり見かけることのない低木が数本、植わっていた。その木々のちょうどまんなかあたりに、梅の老木が立っているのが見えた。

母の植えた梅の木だ。梅の木だけが生き永らえている。「ああ」と思い、芙美子は思わず二、三歩、足を踏み出して、庭に近づいてみた。

木は年を取っていた。どの枝もよぼよぼになっている。今にも折れそうな枝。曲がった枝。それらの枝を支えるために、地面から支柱が何本か、立てかけられている。家の人たちがこの木を大事にしているということが、芙美子にはよくわかった。

梅の花はとうに散り、その名残りさえ漂っていなかったが、梅の木の根もとに、たんぽぽが一輪、花を咲かせていた。さっきの黄色い信号は、このたんぽぽが放っていたのか。

芙美子は目を細めた。小さなたんぽぽが、梅の木に寄り添うようにして、無数の花びらをせいいっぱい広げている。老木の枝に茂る若葉と若葉のあいだから、こぼれ落ちてくる光の雨を一身に集めて。

恐竜と銀杏《ぎんなん》

1　LAN・エクアドル航空538便

「私は、小さいカーブではあるけれどもこのカーブでも運命がとに角自分の才覚によって啓開されたことを感じ、満足を覚えるのと一緒に自分の性格についてある嫌悪を感じないではいられなかった。一人の人間の性格は他人から見える面だけで構成されていないように、自分から見える面だけでも構成されていないことを、過日来の成行きを思い起して、私は痛く感じていたのだった。」

わたしの手のひらの上にのっている、日本語の文庫本。

平林たい子という作家——彼女は、明治、大正、昭和と、三つの時代を生きた人——の書いた短編小説『こういう女』の一節が、わたしという女の、これまで生きてきた三十年足らずの人生に、すーっと分け入ってきたのを感じた。野放図に生えた草の茂みをふたつに分けて、透明な道をつくりながら、突き進む風のように。草ぼうぼうの野原みたいなわたしの人生を、言葉が、風のように吹き抜けていった。

わたしは、自分が他人から「読書家だ」と思われているのを知っている。しょっちゅう本を読んでいる。小説も読むし、ノンフィクションも読む。古い本も、新刊も、日本語の本も、英語の本も。暇さえあれば、膝の上で本を開く。まるで「それしかすることがない」とでも言いたげに。

最近は、昭和初期から敗戦後にかけて活躍した作家の作品を好んで読んでいる。平林たい子もそのひとり。現代の小説にありがちな、話し言葉によって梳《くしけず》られた書き言葉ではなく、ささくれ立った指先に握りしめられたペンと、ペンだこに染みついているインクの跡が見えるような文章。読んでいると、ごつごつした木の幹に、素手で触れているような感触がある。曲がり木の行間から噴き出す、炎のような執念。留置場での闘病生活というテーマにも親近感を覚える。

わたしは生来、文学少女などでは毛頭なく、生粋のスポーツ少女だった。読書や勉強よりも、外で体を動かしている方が何倍も好きだった。体育の時間、運動会、体育祭、マラソン大会などではいつも花形か主役を独占した。スポーツと名のつくものなら、するのも観るのも好きだった。テニスもすれば卓球もしたし、水泳もしたし、登山もした。小学生のときにはソフトボールのチームのキャプテンだったし、中学時代はバレーボール、高校時代はバスケットボール、大学時代はサーフィンに夢中になっていた。社会人になってからは、父につきあって、ゴルフも覚えた。

体を鍛えるために、雨の日も風の日もランニングをしていた。近所の人たちからよく言われていた。「猛然と道路を走っている女の子がいたら、それは中野さんところの銀子ちゃん」と。大学卒業後、デパートに就職したわたしは「中野は、化粧品売り場にだけは回せない」と言われていた。あまりにもまっ黒に日焼けしていたからだ。

小説なんて、めったに読まなかった。朝から家のなかに閉じこもって、一日中、椅子に座ったまま、ありもしない虚構の世界に心をさまよわせているなんて、つまらないし、くだらない。まさか自分がそのような生活を送ることになろうとは、想像も仮定もしてなかった。

わたしは走り回っていた。足を地面につけるのが惜しい、と言わんばかりに。

エネルギッシュかつアクティブな人生を謳歌していた。恋愛だって、していたのだ。人並みに、月並みに。結婚の約束だって、していた。結納も交わして、指輪ももらって。

人生は、高望みさえしなければ、ほぼ自分の思い通りに進むものだと、たかをくくっていた。夢見る能力さえあれば、そして幾ばくかの努力さえすれば、夢は叶うのだと信じていた。二十五歳のとき、大きな曲がり角——予期せぬ急カーブ——を曲がり損ねて、ガードレールに激突するまでは。

「所が、使っても使っても使い切れない湯水の様に思われた青春の日がいつか使い切れたのと同時に、生活を回転させていた軸の回転が急に緩くなる時代が襲来して、浮々した跳躍をたのしんでいた私はいやという程現実の大地に打突かった。そしてはじめての如くに現実の硬さと痛さとを知ったのだった。」

この作家は、あたかも天上からわたしの人生を見つめているようではないか。

ページから顔を上げ、閉ざされた小窓の向こうに広がっているはずの、空を思い描いてみた。今は夜なのか、昼なのか、空は雲の上にあるのか、雲の下にあるのか。太陽は？月は？

わたしという女を乗せた飛行機は、小一時間ほど前に北米大陸を離陸し、南米大陸を目指して飛行中だ。

赤道直下にある小さな国、その名も「赤道」を意味するエクアドル。太平洋側にあって、コロンビアとペルーに挟まれ、南北をアンデス山脈に貫かれている。エクアドルという国をまったく知らない人でも、「ガラパゴス諸島」という地名を聞けば、「ああ」とうなずくのではないだろうか。

ニューヨーク州のジョン・F・ケネディ国際空港からおよそ七時間。

たった七時間、と言うべきか。七時間だけ、シートベルトに締めつけられて、濁った空気を吸いながら、エンジン音と振動に耐えていれば、降り積もった雪が凍結している酷寒の地から、半袖のシャツとショートパンツで過ごせる常夏《とこなつ》の地へ行ってしまえる。

歩けないなら、走れないなら、飛んでいけばいい。人は、やろうと思えばなんだってできるのだ、と、勇敢で大胆不敵な挑戦者、中野銀子は頭の半分でそう思っている。勇敢で大胆不敵。負けん気が強い。血気盛ん。怖いもの知らず。これは、他人の目にはそう見えているらしい、わたしの性格。

実はわたしは、勇敢でも、大胆不敵でもない、とんでもない小心者。

いつだって、今だって、おどおど、びくびくしている。

ここまでは、なんとかやりおおせた。小さなピンチもあるにはあったが、なんとか切り抜けてきた。けれどもこのあとは？　このあともこのまま、ひとりで行けるだろうか。たどり着けるだろうか、エクアドルのクエンカという町に。困っているときに、助けてくれる人は、現れてくれるだろうか。

そうなのだ、わたしは所詮、だれかの助けを借りなければ生きていけない、哀れな身体障害者に過ぎない。立てない、歩けない、走れない、両足をもがれた情けない人魚。これが、わたしの目から見たわたし、中野銀子という女。

「一人の人間の性格は他人から見える面だけで構成されていないように、自分から見える面だけでも構成されていない」――平林たい子は、いいことを言っていると思う。

挑戦する人。このごろのアメリカでは、わたしのような障害者は「チャレンジャー」と呼ばれている。宇宙飛行士みたいだ。名誉なことだし、ありがたいことだと思うし、実のところ、わたしの毎日はチャレンジの連続ではあるし、昔から、旺盛なチャレンジ精神の持ち主ではあった。

「身体障害者がどんどん社会に出ていくことによって『人は、やろうと思えばなんだってできる』という果敢なチャレンジ精神を人々に見せつけ、身を以《もっ》て、勇敢さを示すことができます。障害者にはそういう役割があり、果たすべき使命があるのです」

かつて、アメリカの大学で受けた社会学の講義のなかで、教授はそう語っていた。

「いかがでしょうか。ミズ・ナカノ。あなたの体験、あなたの思うところをみんなの前で発表していただけないでしょうか？」

授業中、教授から意見を求められたわたしは「もちろんです」と言って、教壇のそばまで進んでいった。英語のスピーチは、得意中の得意だ。日本語では言えないようなことでも、英語だとずばずば言える。日本語の世界には「黙して語らず」をよしとする傾向が強い気がするが、英語の世界では逆。言葉を積み重ねて、機関銃のようにガンガン主張する。

そうしないと、存在感を認められない。

「……たとえばわたしのように車椅子で生活している人間には、本人にやる気さえあれば、就ける職業は無数にあるはずです。想像してみて下さい。わたしの体はご覧の通り、デスクワークをするにはなんの支障もありません。会社にとっては、椅子を支給しなくていいのですから、むしろお得な存在でしょう。しかし、日本で再就職活動をしたとき、わたしを採用してくれる会社は一社もありませんでした。ある会社の人事部の人の釈明によれば『弊社の環境がととのっていないため』ということでした。もちろんそれは言い訳に過ぎず、単にわたしは差別されたに過ぎなかったのでしょう。悲しいかな、これが現実です。ですから、今後の課題としては、社会の方も障害者同様に、チャレンジするべきではないかと思います。障害者の受け入れというチャレンジを。障害者がどんどん社会に出ていきたくても、社会の側がそれを認めていない、制度がととのっていない、受け入れ態勢ができていない、という現実があります。この現実が、人々の目にはよく見えていない、という現実もあるのです」

教室内では拍手がわき起こった。

拍手に包まれて、わたしは主張をつづけた。

「わたしのいちばんの望みは、差別をなくすことではありません。人が人である限り、差別はなくならないだろうと、昔も今もわたしは思っています。これはあきらめではありません。この世の真理というもの。あるいは、人間の本質でしょうか。人は常に、自分を他者と比較しながら自己を確立していきます。自分と他人を比較するとき、そこに、たとえ小さなものであっても、差別意識がまったくない、とは言い切れません。むしろ、ない方が不自然でしょう。偏見も同じです。人は、自分にとって未知な存在、理解しがたい存在に対して、まず偏見を抱きます。話をもとにもどします。わたしの唯一の希望は、匿名性が欲しいということです。社会のなかで、ごく普通であり、透明でありたいのです。匿名性。目立たないこと。その他大勢のひとりでいられること。歩けなくなったわたしの失った、それが最大のものでした。わたしたちが匿名性を獲得するためには、ひとりでも多くの障害者が社会に出ていかなくてはならないし、社会もまたその挑戦をしなくてはならないと思っています」

生意気なことを言ったものだと思う。アメリカにやってきたばかりで、鼻息の荒かった中野銀子の発言だ。

あれから、わたしの考えは少しずつ、変化してきている。

本音を言わせてもらえば、障害者に「チャレンジ」ばかりを期待されても困ると思っている。正直なところ、チャレンジばかりだと、しんどい。勇気と感動の物語のヒロインばかりを演じていると、疲れてしまう。たまには同情され憐《あわ》れまれ「よしよし、よくがんばってるね、足が悪くてかわいそうだね」と、優しく頭を撫でられたいときだってある。思いっきり、特別扱いされたい。弱虫で、甘えん坊で、いじけている。挑戦する人、中野銀子にはそういう一面もある。

障害者は障害者でいいじゃないか、と、いつの頃からか、開き直ってもいる。害という文字を「がい」または「碍」に変えてみたところで、障害の内容と度合いが軽くなったり、ゆるくなったりするわけではない。まして匿名性の獲得など、夢のまた夢。

わたしは、本に栞《しおり》をはさんで閉じると、狭い通路の前後に視線をのばして、フライトアテンダントの姿を探した。食事の時間が始まる前に、お手洗いに行っておきたい。正確に言えば、連れていってもらっておかねば。お手洗いが空いているうちに、フライトアテンダントの仕事が忙しくならないうちに、目立たないように、こっそりと。

わたしにあてがわれている座席はビジネスクラスのすぐうしろにあって、エコノミー席のなかではいちばん広い。お手洗いは、目と鼻の先にある。歩数にして、五歩くらいか。この五歩が、自力で歩けない。自宅であれば這っていけるのだが、公衆の面前では這うわけにもいかない。このくやしさ、情けなさは、わたしと同じような身体障害者にしかわからないだろう。無論、だれかにわかって欲しいとは思っていないのだけれど。

2　クエンカ

夜を越え、海を越え、国境を越えて飛びつづけた飛行機が、エクアドル最大の都市グアヤキルのシモン・ボリバル空港に着陸したのは、真夜中と早朝の境目みたいな時間、午前三時四十分。空港内で四時間ほど待って、八時発の国内便、タメ航空170便に乗り、八時四十分に、最終目的地である古都クエンカに到着する予定だった。

しかし、予定とは変更を余儀なくされるもののようで、クエンカから飛んできた小型プロペラ機の前の車輪がパンクしたため、車輪の取り替えにさらに二時間あまり、待たされる羽目に陥った。

搭乗ゲート付近の待合ロビーには「うんざり」を絵に描いたような重苦しい空気が立ち込めていた。わたしは平気だった。待つことには、慣れている。どこへ行っても、何をしようとしても、身体障害者は待たされることが多い。「少々お待ち下さい。今、係の者を呼んできますので」「少々お待ち下さい。今、入り口を広げますので」「少々お待ち下さい。今、お取りしますので」――。

待たされても、わたしはいらいらしたりしない。いや、内心ではいらいらしていても、落ち着いている風を装う。悠然とかまえているようにふるまう。そうこうしているうちに、それが習い性になってくる。あきらめの境地というやつだ。だって、急いだって、焦ったって、仕方がない。走れるわけでもないのだし。それにわたしには、本という心強い味方もいる。平林たい子の短編は、あと五編も残っている。

空港内のカフェで朝食をとったあと、トートバッグのなかからラップトップのパソコンを取り出して、ケンにメールを送った。

「無事グアヤキルに到着。こっちはあったかーいです！　クエンカに向かう国内飛行機、二時間ほど遅れそう。クエンカ空港のお迎えの人への連絡、お願いします」

幸いなことに、アメリカの東海岸とエクアドルには時差がない。一分もしないうちに、ケンから英文の返事が届く。

「万事りょうかい。抜かりなく手配する。道中気をつけて。ＬＯＶＥ」

今は朝の九時より少し前。ケンは車に乗って、職場に向かっている途中なのだろうか。ケンの職場は二つある。ひとつはマンハッタンにある法律事務所。もうひとつはマンハッタン郊外にある動物保護施設。月水金はマンハッタン、火木土は保護施設——ここでわたしは、わたしの仕事が休みの日には、奉仕活動をしている。

どちらに行くときにも、ケンは車を使っている。まっ赤なフォルクスワーゲン「ゴルフ

ＧＴＩ」の運転席で、手首に巻いているアップルウォッチに英語で話しかけている姿を思い浮かべて、わたしは心を和ませる。

ケン——わたしのフィアンセ、わたしのパートナー、わたしの太陽、わたしの男。

この、エクアドルへの旅をすすめてくれ、計画してくれたのは、ほかならぬケンだった。わたしは最初、ぜんぜん乗り気じゃなかった。とんでもないと思っていた。第一、海外へのひとり旅なんて面倒だし、不安だし、あちこちで人に迷惑をかけるのもいやだった。

「いやだよ、行かない、そんなところ。なんでいまさら」

「ぼくからのプレゼントとして、受け取って欲しいんだけど」

「いらない、そんなプレゼント。欲しくもない、エクアドルなんて、興味もないし」

「ぼくからのお願いだと言っても、だめかなぁ」

「だめ。ほかのお願いなら、どんなお願いだって、聞いてあげるから」

拒否しつづけるわたしを、ケンはこんな言葉で説得した。

「このままじゃあ、ぼくは銀子と結婚できないって言っても、だめかな？」

笑顔と同じ、柔らかい言い方だったけれど、ケンの胸の奥に秘められている尖った針金の先で、チクッと刺されたような気がした。

「え、どういうこと？　意味がわからないんだけど、どういうこと？」

訊《き》き返しながら、ケンの答えの半分は、いや全部が、すでにわかっていた。でも、それを自分で口にするのは、認めるのは、怖かった。

「答えは銀子の方がよくわかっているはずだ。銀子がちゃんと龍彦《たつひこ》に会って、向かい合って、きちんと『さようなら』を言ってからじゃないと、ぼくは銀子と結婚できない。前にも言ったでしょ。ぼくは銀子の『すべて』が欲しいんだって。すべて、と言えば、それはすべてなんだよ。それ以上でもそれ以下でもそれ以外でもないんだ。意味、わかるでしょ？」

「わからない。今だって、すべてを差し出しているはずよ。これ以上、何があるの？」

「違うと思うよ、それは。銀子の心の、そうだな、三十三パーセントくらいには、龍彦が住んでいる。ぼくはその三十三パーセントのことを言ってる」

どこから、何を根拠にして、三十三パーセントという数字が算出されたのか。

わたしは黙って、つかのま、うつむいていた。それからぱっと顔を上げた。腹をくくらねばと思っていた。中野銀子たる者、潔くあらねば。

「わかった。ケンがそこまで言うなら、行ってくるよ。行って、龍彦に会って『さようなら』って言ってくる。行ってくればいいんでしょ？　行って、言ってくれば」

「行く」と「言う」が心のなかでぐちゃぐちゃになってしまって、気がついたら、頬を涙が伝っていた。どういう種類の涙なのか、皆目わからない。

ケンはなぜか車椅子の背後にまわると、うしろから手をのばして、指先で涙を丁寧にぬぐってくれた。

「泣くなよ、銀子。これって、うれし涙か？」

「くやし涙よ！」

そう言いながらうしろをふり返ったとき、ケンも泣いていることに気づいた。

「あれっ？　なんで泣くのよ。ケンが泣くことないじゃない。へんな男ね」

「ああ、へんで悪かったね。ぼく、こう見えても、情にはもろいんだよ。もらい泣きは得意なんだ。それに、正直なところ、エクアドルに行ったきり、もしも銀子がアメリカにもどってこなかったら、どうしようって心配もあるし」

だったら行かせないでよ、という言葉は、喉の途中までせり上がってきていたが、呑み込んだ。そのときにはもう「行こう」って決めていた。わたしにとっても、それはどうしても必要な旅になっていた。

わたしはアメリカでケンと再会し、ケンの愛に包まれて、とても幸せな人生を歩いていい
る。好きなデパートの仕事にも再就職できた。アメリカの郊外に造られた、段差のないシ

ョッピングモール内のデパート。去年の春、フロアーマネージャーに昇格した。車椅子の上司を慕ってくれる、部下たちにも恵まれている。わたしが格好の前例をつくったせいで、その後、試着室には車椅子の男の子がアルバイトとして、人事部には片耳難聴の人が正社員として採用された。わたしはほとんど毎年のように「最優秀社員」として、表彰されている。

わたしは、幸せになった。幸せをつかんだ。ううん、そうじゃない。幸せにも人生にも、本当はゴールなんてなくて、ゴールを目指す過程こそが幸せな人生。だから今、この瞬間も、わたしは幸せ。ケンにも百パーセントの幸せをあげたいと、心の底から、心の全部で、そう思っていた。

今も思っている。

龍彦に会いに行こうと決めたのは、だから彼に「さようなら」を言うためだ。わたしの心の残り三十三パーセントをケンに明け渡すために。

定刻から二時間ほど遅れて離陸した飛行機が、世界遺産にも指定されている古都クエンカのマリスカル・ラマール空港に着いたのは、十一時過ぎだった。

プロペラ機に乗り込むときに、わたしをおぶってタラップを上がってくれた、たくましい女性のフライトアテンダントの背中に、ふたたびしがみつかせてもらって、タラップを降りた。降りたところに、クエンカのボランティア組織のスタッフが車椅子を携えて、迎えに来てくれていた。ケンが手配してくれていた人だ。

「ようこそ、クエンカへ。お待ちしていました」

「遅れてごめんなさい。長いあいだ、待たせてしまって」

開口一番、下手なスペイン語で謝ると、滞在中、移動のための介護士、兼、運転手を引き受けてくれることになっているスタッフは、白い歯をのぞかせた。

「遅れたのは、セニョリータ、あなたのせいじゃない。航空会社のせいです。だから謝る必要はありません」

「そう言っていただけて、感謝します。これからお世話になります」

車椅子に腰をおろすと同時に、涼しい高原の風がわたしの髪の毛をふわっと舞い上がらせた。街から「ウェルカム！」と言われたような気がして、頰がゆるんだ。

「ついさっきまでスコールが降ってたんだけど、あなたの到着と同時に上がりました」

クエンカの標高は、およそ二千五百三十メートル。エクアドルで三番目に大きな街。オレンジ色の屋根瓦で統一された可愛らしい家々のあいだから、教会の十字架や大聖堂の尖塔が突き出している。彼方《かなた》には、アンデス山脈の稜線が波のように畝《うね》っている。心なしか、空気が薄いと感じる。吸い込んでも、吸い込んでも、酸素がじゅうぶんに肺まで入ってこない、という感じ。でも、そのときは、そんなことはあんまり気にならなかった。わたしの胸は、到着の喜びと安心でいっぱいになっていたから。

街の風景というのは、そのときどきの人の心を映し出す。初めて訪れる街は、特にそう。空港の駐車場から、小型のバスみたいなバンに乗せてもらって、新市街にあるホテルに向かう道すがら、わたしの目に見えていたクエンカの風景はそのまま、わたしの心のなかに広がっている風景のように優しく、親しげだった。

十六世紀に植民者のスペイン人たちによって築かれた旧市街の街並みには、当時の面影がそのまま残っているという。まるでタイムマシンに乗って時代を遡ったかのように。

「だけどそれが曲者《くせもの》なんだよ」と、ケンは眉間にしわを寄せていた。

「クエンカは階段が多い。しかも非常に急で、半端な数の段数じゃない。銀子は階段に泣かされるかもしれない。新市街から旧市街への移動には、かならず車を使うこと。旧市街でのひとり歩きはしないこと。歩道の幅が極端に狭いからね。おそらく車椅子がぎりぎり入るか、入らないか」

「そんなことまで、どうしてわかったの」

「インターネットで調べた」

「龍彦に訊いたの？」

「訊いてない」

ケンと龍彦は何年か前から、ツイッターを通して連絡を取り合っているらしい。わたしはいっさい関知してこなかった。ＳＮＳなんて苦手だし、不特定多数の人と会話するなんて、好みじゃないと思ってきた。ケンは「面と向かって、たとえばメールなんかで連絡するのは気が引けるけど、ツイッターなら仮名だし、字数も限られてるし、一対一じゃないわけだし、気軽なんだ。どこか遊び感覚でいられるからね」などと言っていた。

旅に出ると決めたあと、わたしはケンに約束させていた。わたしがエクアドルに行くことを「龍彦には教えないで」と。驚かせたい、とは露ほども思っていなかった。ただ、事前に用意された話を聞きたくないと思っていた。心の準備をして会うのではなくて、わたしと龍彦は「偶然会う」必要があるのだ、と。

五分くらい走っただろうか。ごみごみした街を通り抜けると、突然、視界が開けて、あたりの景色が緑に染まった。

新市街と旧市街を分けるようにして流れるトメバンバ川。川沿いの遊歩道を散歩したり、川原や土手に座っておしゃべりしたりしている人たち。犬もいる。走り回っている。カップルもいる。ひしと抱き合っている。スコールの上がったばかりの空は青く澄み、あけ放された車の窓から流れ込んでくる空気には、花の香りが含まれていた。

ケン、ぶじ着いたよ。

ホテルの部屋にたどり着いたら、まっさきにケンにメールを送ろうと思っていた。ケンへの思いを追いかけてくる言葉があった。

龍彦、会いに来たよ。

龍彦——わたしの昔の恋人、わたしの愛した人、わたしの古代の「恐竜くん」。

会いに来たよ、こんな遠くまで、ひとりで、恐竜に。元気？　元気なの？　なぜ、奥さんと別れて、日本から遠く離れた国にひとりで住んでいるの？　なぜなの？

心のなかで、呼びかけた。

なぜなの、恐竜くん。

中学時代、わたしは龍彦を「恐竜くん」と呼び、龍彦はわたしを「銀なん」と呼んでいた。わたしたちは、恐竜と銀杏《ぎんなん》だった。

公孫樹《イチヨウ》の木は、地球を恐竜がのしのし歩き回っていた古代から生えていたという、強靭《きょうじん》な生命力の持ち主だ。繁栄、発展、不死不老のシンボルにもなっている木。

そのことを教えてくれたのは、龍彦だった。

「……つまり俺らはどっちも、古代の生き残りってことさ」

「それは違うね。わたしは生き残りだけど、恐竜は絶滅したじゃない？」

「一頭だけ生きてるのさ」

「どこに？」

「ここに」

そう言って、わたしを強く抱き寄せた腕。強引にくちづけた唇。わたしはそのとき、わたしの両足でしっかりと地面に立って、龍彦の唇を受け止めた。ファーストキスは高三になる前の春休みに、わたしは恐竜と、したのだった。

互いの家のちょうど中間地点にある町の図書館で、申し訳程度に勉強——デートの口実として——をしたあと、夕暮れ時の通りを散歩した。人気《ひとけ》のない通りばかりを選んで、龍彦は歩いた。「散歩でもするか」は龍彦の口実で、その日は最初からわたしの唇にアタックしようという計画があったらしい。そのへんをぐるぐる歩き回ったあと、龍彦はわたしを小さな公園に連れてきた。

「うわあ、こんなところに公園があったんだ。知らなかった、ぜんぜん」

「いかしてるだろ。俺が発見したの。あのベンチに座ってみる？」

龍彦の指さしている先に、枝と枝を組み合わせて、大ざっぱにこしらえられている長椅子があった。わたしの目には「不恰好で野放図な椅子」に映っていた。手すりには、最初から曲がっていた木の枝を使ったのか、あるいは、まっすぐな枝を曲げて使ったのか。背もたれに背を当てると、ごつごつした木の感触があった。ベンチに並んで腰かけてから、龍彦は妙に無口になり、わたしひとりがしゃべっていた。今にして思えば、龍彦はいつキスしてやろうかと、チャンスをうかがっていたのだろう。

いつのまにか、ベンチに闇の手がのびてきていた。

「あ、もうこんな時間だ。そろそろ帰らないと」

立ち上がると、龍彦も弾《はじ》かれたように立ち上がった。

「銀なん、ちょっと来いよ。いいもの見せてやる。こっちだ」

そう言って、龍彦は、近くに生えていた公孫樹の木のそばまですたすた歩いていった。

「知ってた？　この木はさ、地球を恐竜が歩いていた時代から生えてたんだよ」

「へえ、そうなの、知らなかった」

「公孫樹と恐竜っていうのは、つまり俺らはどっちも、古代の生き残りってことさ」

今から二十年以上も前に交わされた会話と抱擁が、時間と距離を瞬時に飛び越えて、時速百キロくらいのスピードで、もどってくる。激流のように。クエンカのトメバンバ川沿いを走る車の窓越しに、外を眺めているわたしの胸もとへ。

「ケンには黙っておけよ。あいつに知られたら、俺、ぼこぼこにされるから」

約束を破って、わたしはケンに打ち明けた。「恐竜にキスされた」。ケンが応援してくれるなら、龍彦とつきあってもいいと思っていた。これからは、恋人として。

「もちろん、応援するよ」

ケンは寂しそうな——あとで「あのときはくやしかった」と教わった——笑顔でそう言った。ケンは高校を卒業したら、アメリカの西海岸にある大学に進むことになっていた。ケンのお父さんはアメリカ人で、お母さんは日本人。両親の立てていた計画に従って、家族は三人で、サンフランシスコに移住することになっていた。「だから、祝福するしかなかった」——。

わたしたち三人は、中学時代からの同級生だった。いつも三人でつるんでいた。ハックルベリーフレンズだった。三人ともスポーツが得意で好きだった。わたしは、ケンがわたしを好きでいることも知っていたし、ケンは、わたしが龍彦に夢中であることも、龍彦がわたしに夢中であることも、知っていた。それでも仲のいい友だちだった。釣り合いのとれたトライアングルだった。

あの日が、氷河期を連れてくるまでは。

3　由比ヶ浜

翌日、わたしはケンの忠告を無視して、ひとりで車椅子に乗って外出した。

新市街の歩道の幅は広く、整備も行き届いていて、ひとり歩きは楽々とできた。前の日に車のなかから見えた、明るい陽射しの降り注ぐ公園へも行ってみた。ハイビスカス、ブーゲンビリヤ、バタフライフラワー、ムジュジョなど、南国の花々が思うさま咲き乱れている公園。ゆるやかな丘になっている芝生の庭を取り囲むようにして、ランニング用に設計されているコースを、車椅子で散歩している人がほかにもいた。

人々とすれ違うたびに、スペイン語で挨拶をした。

「オラー」

「ブエノス・タルデース」

そんな名前の木が生えているのではないかと思わせられる、スペイン語の言葉たち。

そこまでは良かった。

コースを一周したあと、公園を背にして、トメバンバ川に架かっている橋を渡り、目の前にそそり立つ階段を目にしたとき、わたしは思わず息を呑んでしまった。

この階段の上には、旧市街がある。つまりこの石段は、新市街と旧市街をつなぐ道なのだ。

高山病のせいなのか、ただその階段に圧倒されたせいなのか、おそらく両方だと思うけれど、くらくらっと目まいがした。

目もくらみそうな階段。

まさに「そびえている」という様相を呈している。

打ちのめされた。ノックアウトされたボクサーさながらに。ケンの言っていたことは、決してオーバーではなかった。それどころか、ケンの表現は足りなかったと思えるくらいに、その階段は高く、長く、空までつづいているのかと思えるほど、果てしなく見えた。

観光名所にもなっている急階段の真下で、わたしはひとり、なすすべもなくうなだれていた。トントントンと軽快に駆け上がっていく若い人たち、杖をつきながら一段ずつ、ゆっくりと味わうようにして進んでいく老人、階段の途中に座り込んで、ギターをかき鳴らしている大道芸人、店開きをしている白人ヒッピー、足早に上っていくビジネスマン。

人々の姿を眺めながら、「やられたー」と思っていた。白旗があったら、挙げたいくらいだった。階段から「帰れ。おまえの来るところじゃない」と、突き放されたような気分だった。

恨めしそうな目つきで、階段を見上げた。まるで、エジプトの王様のピラミッドを見上げている奴隷のように。

龍彦が働いているというレストランは、この階段を上り切ったところにある。階段と通りの角に。

ケンは言っていた。

「回り道になるけど、銀子は車で行くこと。レストランの開店時間は、昼は十二時から三時まで。夜の外出は法律で禁止されています」

「だれが決めたの、そんなこと」

「ぼくです。ケン法の修正条項第一条」

今はちょうど十二時だ。熱々のスープが熱々のまま届けられそうな場所に、龍彦はいる。立ち上がって、この階段を上っていけば、あと五分以内に龍彦とわたしは会える。

このくやしさ、この敗北感。何度味わっても、いまだに慣れることができない。「あと三センチで手が届くのに、商品を手に取れない」「仕事はできるのに、仕事場まで行くことができない」「二段だけの段差があるために、美術館に入れない」「雨の日には外出できない」「できない」「できない」「できない」——飼い慣らすことのできない生き物みたいな、屈辱感。怒り、絶望、「幸せ」や「幸せな人」に対する羨望。わたしから幸福を取り上げた運命に対する憎しみ。

わたしの体内にその怪物が芽生えた日のことを、まざまざと思い出していた。

エクアドルから遠く離れた、地球の反対側にある日本の海岸。

由比ヶ浜で、事故を起こした。起こったのではなくて、起こしたのだ。

夏だった。わたしたちはそれぞれの会社——龍彦はハイテク関係、わたしはデパート。社会人になって二年目だった——の夏休みをうまく合わせて取って、ふたりで鎌倉まで小旅行に来ていた。レンタカーに、サーフボードを積み込んで。

その日はいい波が来ていたので、由比ヶ浜で思うぞんぶん波乗りをしたあと、夕方、イタリアンレストランでワインを何本か、あけた。月の姿はなく、星のきれいな夜だった。酔いを覚ますために、夜の浜辺を散歩した。手をつないで、ときどきキスしたり、いちゃついたりしながら。

秋にはハワイで式を挙げることになっていた。新婚旅行はノースショアでサーフィン。ケンもアメリカ本土——東海岸の大学を卒業したあと、弁護士を目指して、ロースクールで勉強していた——から、ハワイまで飛んできてくれることになっていた。

「おまえの友だちで、いい子がいたら、紹介してやれよ。こないだ、アメリカ人のガールフレンドと別れたばかりだって言ってたぜ」

そんな話の途中で、わたしは提案した。

「ねえ、龍彦。今からドライブしようよ！　グッドアイディアがあるの！」

まだ酔いが残っているからだめだよ、と、躊躇している龍彦をけしかけるようにして、駐車場まで引っ張っていったのは、わたしだった。若気の至りとしか言いようのない、無謀で無責任な行為だった。その昔、雑誌の連載エッセイか何かで読んで以来「やってみたい」と思っていた、ささやかな冒険。それを今、今夜、どうしても実行したい。

借りていた車は、オープンカーにもなるスポーツカーだった。屋根を取っ払ってから、わたしは助手席に乗り込んで、シートを完全に倒し、寝ているような姿勢になって「レッツゴー！」と叫び、龍彦は車をスタートさせた。

「わーすごい、すごいすごい！　前からやってみたかったんだ。走るプラネタリウム！　もっとスピード出して！　もっと、もっと」

車は道路に吸いつくようにして走った。それなのに、座席だけは浮き上がっているのではないか、というような錯覚があった。今にも離陸できそうだった。

「これ以上出すと、捕まるよ」

「警察なんて、こわくなーい！」

海岸沿いの通りを走る車のなかに寝転んで、満天の星を見ていたのは、せいぜい十分か、それ以下だったと思う。

なんらかの理由で運転を誤った龍彦の車がセンターラインを割って飛び出したとき、星空はふいに遠ざかり、そのあとはふたりとも、深い闇のなかを、明けない夜のなかを、光を求めてさまようことになる。

龍彦もわたしも、全治一ヶ月から三ヶ月の大怪我を負った。一時期は、龍彦の方が意識不明に陥るなどして、容態はシリアスだったらしい。けれども、怪我があらかた治ったとき、病院から自分の足で歩いて出られたのは、龍彦だけだった。両足が「ぐしゃぐしゃになっていた」――と、あとで医師から聞かされた――わたしは長く病院に留め置かれて、いやになるくらい何度も、手術を受けることになる。

リハビリも再手術も、うまくいかなかった。

事故からほぼ一年が過ぎたとき、わたしは決意した。これ以上、手術は受けない。車椅子の人になる。もう、体のどこかを切ったり、貼ったり、つないだりはごめんだ。わたしはロボットじゃない、サイボーグじゃない。

わたしたちは恋人同士だったし、婚約までしていたのに、龍彦が車を運転していたせいで、龍彦は加害者、わたしは被害者になった。

「この償いは、一生をかけてする」

と言い張る龍彦を拒絶し、わたしは婚約を破棄し、アメリカへ渡った。これからは、ひとりで生きていこうと、心に決めていた。同情心で結婚してもらうなんて、プライドが許さないと思っていた。事故のあと、龍彦の両親は結婚に反対するようになっていた。いくらでもお金を積ませてもらうから、結婚だけは勘弁してもらいたいと、龍彦の両親はうちの両親に頭を下げに来た。

被害者と加害者。日本とアメリカ。障害者と健常者。不運と幸運。

恐竜と銀杏の運命は、進む道は、住む場所は、由比ヶ浜を境にして、大きくふたつに分かれてしまったのだった。

エベレストの頂上か、万里の長城か、わたしにとってはそのように思える観光名所の階段をあとにして、すごすごとホテルにもどると、ケンからメールが届いていた。

「予定変更です。龍彦は今、クエンカにはいないとわかった。きょうからレストランの改装工事が始まって、一週間ほど、別の町で働くとのこと。場所がわかり次第、連絡します。銀子はしばし、クエンカ観光を楽しんでください。ただし、車を使ってね。LOVE」

4　アヤンペ

「『人間はこんな不幸のために死ぬべきではない』という憤りの焔が間歇的に私を焙《あぶ》りたてているのであった。いや、そんな理屈ではない。ただ生きたいのだった。どうしても生きたいのだった。かつてどうしても私が生まれなければならなかったように、愛さなければならなかったように、反抗しなければならなかったように、それは一片の理屈の袋に押し込めることのできない宇宙ほどの大きさの衝動だった。」

荷造りを済ませてホテルをチェックアウトし、迎えのタクシーを待っているあいだに、ふと思いついて、ロビーのかたすみにある「ブック・エクスチェンジコーナー」に置いてきた文庫本。

黄色いマーカーを引っ張った、でも今はわたしの脳内に刻み込まれている、平林たい子の書いたその一節を、わたしは、クエンカからアヤンペに向かう黄色いタクシーのなかで反芻《はんすう》していた。

ただ生きたいのだった。

どうしても生きたいのだった。

読み終えた本を棚に差し込んで、代わりに、だれかの読んだ本をもらい受けることのできる、旅人のための本の交換システム。棚に並んで埃をかぶっていたのは、ほとんどが英語かスペイン語の本だった。読み古されたペーパーバック。古くて役に立たなくなったガイドブック。スペイン語辞典。もちろん、日本語の本など一冊もない。おそらく、わたしの残していった文庫本を取り出そうとする旅人も、未来永劫、現れないだろう。

それでもいいではないかと思って、平林たい子をクエンカに置いてきた。わたしが「ここに来た」「ここまで来た」という証《あかし》を、残していきたかった。地面に足跡《あしあと》をつけることのできないわたしの「足跡《そくせき》」として。

一片の理屈の袋に押し込めることのできない宇宙ほどの大きさの衝動。

そのようなものに突き動かされて、今から四年前、わたしは車椅子に乗って、アメリカへ行こうと決めたのだった。生きるために、生き直すために、不幸に負けないために、わたしもただ「生きたいのだ」と思っていた。

あれはまだ、週に六日のリハビリと、隔週に一度の通院を余儀なくされていた時期、うんざりするほど待たされる日本の病院の待合室で手にした雑誌の巻頭に、あるアメリカ人アーティストのインタビュー記事が載っていた。耳の聞こえない、口の利けない彼は、手話でインタビューに答えていた。

その一行にぶつかったとき、わたしは、世界中の時計が止まってしまったのかと思えるような、静かな衝撃を受けた。

彼は語っていた。

「俺は、生まれ変わってもデフでいたいし、ふたたびこの世に生まれてくるチャンスを神から与えられたなら、デフとして生まれたい。音のない世界がどんなに素晴らしいか、きみたちにはわからないだろう」

どうやったら、こんな強さを、こんな強靭な誇りを持てるのだろう。生まれ変わっても車椅子の生活がしたい、なんて、わたしには到底、言えないし、思えない。でも、言えなくても思えなくてもいいから、こんな強さが欲しい。生きるために、ただ生きていくために。

アメリカへ行ってみよう、と、思った。

地球の反対側へ。日本からいちばん遠い場所へ。

この人にこんな強さを与える何かが、アメリカにはあるのかもしれない。その可能性に賭けてみよう。

猛烈な勢いで本を読み、英語を学び、アメリカの大学に入るための勉強に打ち込んだ。

そして「銀子の面倒は俺が一生見る」と言っていた龍彦と別れて、渡米した。

別れたときに、思っていた。人と人は、そんなに簡単に理解し合ったり、共感し合ったりすることは、できない。車椅子で生活するようになって、わたしは初めてそのことを悟った。

許し合うことは、もっと難しい。許すことと憎むことは――もしかしたら、愛することと憎むことも――信じることと疑うことがそうであるように、おそらく紙一重なのではないかと、今のわたしは思っている。

「龍彦の重荷になりたくないの。だれかのお荷物になって生きるなんて、最低」

「お荷物なんかじゃないよ、銀子は俺の……それに俺には責任を取る……」

「だから言ってるじゃない。義務なんて、いやなの！　それがお荷物ってことなの！」

わたしはずるくて、卑怯《ひきよう》な女だった。姑息《こそく》な嘘つきでもあった。

「これ以上いっしょにいると、ふたりともだめになる。龍彦はわたしに縛られて、一生を棒に振ることになる。そんなことになったら、龍彦はわたしを憎むようになる。そんなのいや！　金輪際いや！　どうしてわかってくれないの！」

叩きつけるように、一方的に別れを言い渡しておきながら、釘を刺しておくことも忘れなかった。

「ひとつだけ、約束して」

あんなにもひどい捨て台詞を、よく言えたものだと思う。

「わたしのことを忘れないで。一生、忘れないで。不幸なわたしのことを絶対に忘れないで。それが龍彦の義務だと思う。わたしを忘れて、龍彦だけが幸せにならないって、約束して」

幸せになったら「許さない」とまで、わたしは言った。かつて好きでたまらないと思っていた人を、人はそこまで憎むことができるものなのだと思い知らされた。

そんな自分と別れたかった。

憎悪にまみれた両足を、すっぱりと切断してしまいたかった。

わたしが別れたかったのは、切り捨てたかったのは、龍彦ではなくて、わたし自身だったのだ――。


「お客さん」

呼びかけられて、はっと我に返った。

「お客さん、今から山越えをします。急カーブと落石が多くなるので、急ブレーキを踏むことも多くなる。シートベルトをしっかり締めて、背中はシートに預けておいて下さい」

運転席から、スペイン語なまりの英語が聞こえてきた。

「はい、わかりました。ありがとう」

高原の古都クエンカから、太平洋岸にある海辺の村アヤンペまでは、車で三時間。ホテルのスタッフに頼んで、タクシーをチャーターしてもらった。バスだと七時間以上かかるだろうと言われたからだ。

ケンから届いたメールには、こんなことが書かれていた。

「アヤンペ。いろいろ調べたのですが、情報まったく得られず。ということはかなり小さな村だと思われます。銀行なし、郵便局なし、警察署なし、ビルなし。ということは、段差もさほどない、と思っていいでしょう（楽観的！）。観光客は訪れない。サーファーには愛されている。とりあえず、わかっていることだけ添付しておきます。龍彦が働いている工事現場は、フィンカ・プンタ・ホテルの裏あたり。地図参照のこと。ＬＯＶＥ」

アヤンペには、クエンカにあったような障害者のためのボランティア団体など、存在しない。当然のことながら、現地で介護してくれるスタッフもいない。これは「チャレンジになるな」と覚悟を決めた。

幸いなことに、泊まる場所はすぐに見つかった。クエンカのボランティアの人が紹介してくれた。日本語で言うなら「民宿」に相当する貸し部屋で、一階が食堂、その奥に部屋がある、とのことで、車椅子でも楽にアクセスできるだろうと言われた。

山を越え、丘を越え、ジャングルを縫うようにして走り、何箇所か、落石による立ち往生もあったが、三時間半後にたどり着いたアヤンペは、楽園だった。

ケンのメールに書かれていた通り、村には、バナナと水だけを売っている小屋みたいなバス停と、石鹸やトイレットペーパーからパパイヤやパイナップルまで、何でも売っている一軒のよろず屋と、浜辺沿いに数軒の食堂――メニューはひとつ、魚定食――と、民宿があるだけで、ほかには何もなかった。ココナツのわらぶきの民家の数は、せいぜい二、三十軒というところか。

けれども、ここには、すべてがあった。

太陽があり、海があり、空があり、島があり、植物が生い茂り、動物がいて、サーファーたちがいて、大家族がいて、犬は浜辺を走り回り、小鳥は空を飛び、人々は笑顔で言葉を交わし合い、潮風と潮騒が村を包み込んでいた。

何もないのにすべてがある、そんな陸の孤島の、ここは楽園だと思った。

段差など、どこにもない。道路は舗装されていないから、水たまりや穴ぼこが多いものの、歩道と車道の区別もなく、第一、車の数が極端に少ない。

民宿で宿泊の手つづきをしたあと、まっさきに、海を見に行った。

ひとりで海へ行く、なんて、何年ぶりのことだろうか。

海へ行く。

海と向かい合う。

ひとりで。

そう思っただけで、胸の扉が外に向かって、ぱーんと開いたような気がした。

部屋のドアをあけたところに裏庭があり、裏庭の木戸を押しあけると、そこからビーチまで、粗末な板を敷き詰めただけの歩道みたいなものが設《しつら》えられている。

そのはしっこまで進んできたとき、「ああ、ここから先は無理だな。砂が深くて」と失望するのとほぼ同時に、どこからともなくわらわらっと、人が姿を現した。若い人もいれば、中高年もいる。地元の人もいれば、流れ者と思しき人も、漁師みたいな人も。総勢五人か六人、いや、もっとだったかもしれない。

え！　どういうこと？　なんなのこれは。

あっけにとられているわたしをよそに、みんなで車椅子ごとかついで、持ち上げてくれた。まるでお祭りの神輿《みこし》に乗っているようだった。

あっというまにわたしは、砂が海水でしっかりと固められている波打ち際まで運ばれていた。そうか、そうだったのか。ここではわたしは障害者ではなく、ただの人だったのだ。人が困っていたら、みんなで助ける。それがルールなのだ。いや、ルールがなくても助ける。村の人全員がボランティア。楽園とは、そういう場所なのだ。

遠くから、たちまち近くまで、波が寄せてくる。まるで、宇宙的に大きな、目には見えない神様の手で、海の絨毯が巻き上げられるようにして、波が、わたしの足もとまで。

「きゃぁ」

初めて海水浴にやってきた小さな女の子のように、喜びの悲鳴を上げてしまった。うれしかった。久しぶりの海だった。久しぶりの波だった。生まれ直して以来、初めての海と波だった。

自主的にボランティアをつとめてくれた人たちに、わたしは頼んでみた。下手なスペイン語が通じるかどうか、自信はなかったけれど。

「あの、ついでにもうひとつ、わがままで奇妙なお願いがあるのですが、よかったら、わたしに海の水をかけてもらえませんか？」

一瞬、だれもが「へ？」というような表情になり、考え込んでいるような雰囲気になったので、ボディランゲージを使ってみた。両手で波の形を真似てから、その波をすくって、自分にかけているような仕草をした。

ひとりの若い男が理解してくれた。まわりの人たちに、わたしの言葉を「翻訳」してくれた。

それからバシャバシャと、みんなでわたしに海水をかけてくれた。前からうしろから横から。髪が濡れ、顔が濡れ、背中が濡れ、そのうち、全身がずぶ濡れになった。うれしかった。途方もなく長いあいだ、わたしは「海に入りたかった」「波に洗われたかった」のだと思った。

この人たちは、わたしがかつてサーファーだったと知ったら、驚くだろうか。両足でサーフボードの上に、波の上にすっくと立っていたことを知ったら。

「うわぁ、しょっぱい！」

唇を舐めると、海と、うれし涙にほんのちょっぴり、くやし涙の混じった味がした。

龍彦の働いているという工事現場は、海岸のはしっこに盛り上がっている丘の中腹にある、村で唯一のホテル——といっても、竹で組まれた掘っ建て小屋をりっぱにした程度の施設——の敷地内にあった。

丘を登っていく切り通しの道は急な坂になっていて、だれかの助けがなければ、登っていけそうにもなかった。もちろんわたしがその坂の下まで行って、亀みたいに首をのばして上を見上げていれば、またたれかが姿を現して助けてくれるだろう。アヤンペはそういう村だとわかっていた。

けれどもわたしには、無理に坂の下まで行かなくても、龍彦に会える方法がある、ということも、わかっていた。

そこへ行けば、龍彦に会えるという場所。

ケンにはわからないだろう。でも、わたしにはわかるのだ。

夜半過ぎに降ったスコールのせいで、緑という緑が濡れて、輝いている。そこらじゅうで、光の粒がきらめいている。雨の重みに耐え切れなくなった枝がしなって、地面に原色の花々を落としている。美しい、生まれたての朝。わたしはひとりで浜辺へ出た。板敷きの道の途切れたところの砂も、雨を含んで湿り、固くなっていた。

いい波が来ている。

海が盛り上がっている。

波打ち際に車椅子を停めると、わたしは、空と海が一本の線でつながっている彼方を見やった。金色と銀色の線が膨らみを帯びて、ぐんぐん近づいてくる。これは、いい波が来ている証拠のようなもの。サーファーならだれでも知っている。波は、地平線からやってくるのだ。

ひとり、ふたり、三人、四人……

波間《なみま》に見え隠れしているサーファーの数を指折り数えた。見えたり、消えたり、浮かび上がったり、沈んだりする波乗りの数を。

五人、六人、七人……

あのなかに、龍彦がいる。オレンジ色のサーフボード。二十二歳の誕生日のお祝いに、わたしから龍彦に贈ったボードだ。裏側には、ピンク色の恐竜と銀色の公孫樹の木が、漫画風に描かれている。描いたのは龍彦だ。色を塗ったのはわたし。

波が近づいてくる。波に乗って、龍彦がやってくる。もどってくる。

「さようなら」ではなくて「また会えたね」と、ううん、その前に、龍彦の顔を見たらまっ先に、言いたい言葉があった。

大きく息を吸い込んで、磯の香りのする息を吐いた。

ごめんね。

龍彦と別れることで、婚約を破棄することで、わたしは彼を許したのだと思っていた。彼はわたしに許されたのだと。それは大きな間違いだった。なんという傲岸《ごうがん》。わたしは彼に、さらに大きな苦しみを、重い足枷をはめてしまったのだ。わたしの憎しみによって。

ごめんね、龍彦。

長いこと、わたしはあなたを苦しめてきた。

わたしとの約束を守って、もしもあなたが幸せになれないでいるなら、それはわたしの責任。龍彦、幸せになって。もう忘れていいの、わたしのことは。だってわたしは今、すごく幸せなんだもの。ケンも幸せ。だから、お願い、あなたも幸せになって。過去から、約束から、罪悪感から解放されて、自由になって、生き直して。

ねえ、龍彦、知ってた？　小鳥の祖先は、恐竜だってこと。恐竜は絶滅なんてしていないの。進化して小鳥になって、自由に大空を羽ばたいているの。わたしもすごく自由なのよ。歩けなくなって、かえって自由になったような気がするの。強がりじゃないよ。

だって、歩けなくなったら、飛べばいいんだから。

今のわたしには、飛ぶ力があるの。

空を飛んで、わたしはあなたに会いに来た。

神樹のゆりかご

【シンジュ】樹高、十メートルから二十メートルにも及ぶほど、まさに天まで届かんばかりに育つ木。英語名のTree of Heaven（天国の木）に基づいて、「神樹」と名づけられた。別名、庭漆。しかし、ウルシ科ではなく、ニガキ科の落葉高木。葉は、大型の羽状複葉を互生。夏には緑白色の小花を多数、円錐状につける。実は、被針形をしており、中心部に種子を内包している。

「空と未来に近い家」――。

山を切り開き、林や野原を潰し、裾野に広がる田畑を埋め立てて造った、アスファルトとコンクリートの街の一角。そこに、銀色の外壁をした円柱形のマンションがぬうっと突っ立っている。まるで、発射に失敗して放置された宇宙ロケットのようなそのマンションが分譲され、売り出されていたときの、それが、パンフレットに記されていた謳い文句だった。

北欧の名だたる建築家がデザインしたというマンションには、一階と二階に高級ブティックやブランド店や宝石店などの店舗が、三階には不動産屋、弁護士、会計士などのオフィスが入っており、四階から十階までが住居になっている。最も価格の高かった最上階の角部屋で、亜矢子は、ひとり息子の伸樹《のぶき》とふたりで暮らしている。

毎朝、きっかり五時五十五分、目覚まし時計のアラームが鳴る五分前に、亜矢子は目を覚ます。時計は六時ちょうどにセットしてあるのだけれど、音が鳴ることは滅多にない。六時半にセットすれば、六時二十五分に目が覚める。

五分前に覚めなかった日には、無性にいらいらする。一日中、そのことが気になって仕方がない。いつから、こんなに神経質な性格になったのだろう。結婚前は誰からも「おっとりしている」「落ち着いている」「のんびりしている」と、穏やかな性格を褒められていたのに。

ひとりで眠るには大き過ぎる、キングサイズのベッドのはしっこで目覚めた亜矢子が朝一番に目にするのは、窓の外に広がる空だ。

マンションの周辺には、視界を遮るものが何もない。カーテンを取り付けていない寝室の窓からも、扇形に張り出しているリビングルームの窓からも、天井の一部がガラス張りになっているキッチンの天窓からも、見えるのは、空と雲だけ。

確かにここは「空に近い家」なのだと、亜矢子は毎朝、重要な証拠か、あるいは、致命的な傷跡を確認するかのようにそう思う。そしてもうひとつ、「空」という文字は「くう」とも読むのだと。

地方都市の有名私立大学を卒業後、亜矢子は上京し、父親の知り合いが経営している都内の会社に就職した。採用されたのは事務職。それは亜矢子自身の希望でもあった。キャリアウーマンになるつもりは毛頭なかったし、なれるともなりたいとも思っていなかった。上司の紹介で知り合った、東京生まれ育ちの五つ年上の商社マン、正樹《まさき》と婚約し、双方の親の援助を得て、新居となるこのマンションを購入した。

ふたりで部屋を見に来たときの感動は、遠い記憶となった。壁も窓もドアも床も天井も、清潔で明るく、幸せの匂いと輝きに満ちあふれていた。マンションのエントランス付近と、玄関口につづく遊歩道には、並木として、まだ若木のように見えるみずみずしい樹木――のちに、みずから調べて「神樹」という名の木であると、亜矢子は知った――が、等間隔で整然と植えられていた。

結婚式を挙げて半年後、妊娠していることがわかったとき、亜矢子は迷うことなく会社を辞めた。まだ、二十六歳だった。同僚や先輩、後輩のなかにも、妊娠しても出産しても仕事をつづけている人は大勢いたが、亜矢子は就職する前から、妊娠したら辞めようと決めていた。エリート社員の正樹の収入は、親子三人の暮らしを支えるにはじゅうぶんな金額のように思えた。

「しかし、いいのかな？　後悔しない？　専業主婦って、退屈じゃないかな？」

「そんなこと、ないと思う。家庭のことをきちんとするのも、りっぱな仕事よ。育児となると、これはもう片手間ではできないと思うの。専業でやらなくっちゃ」

子どもが早く欲しかったのは、正樹ではなくて、亜矢子の方だった。

子どもを産んで育てなければ、結婚も家庭も完璧なものにはならない。子どもを「産むという行為」は、母や祖母から受け継いだ大切な使命なのだし、この使命を全うしない人生はあり得ないし、女に生まれたからには、自分には「産む権利」がある、産むという行為を経験する権利がある。そんなふうに、亜矢子は考えていた。

だから、妊娠が判明し、正樹から、

「もうちょっと、ふたりきりでいたかったのにな」

と、冗談っぽく言われたときには、むきになって抗議した。

「なんてこと言うの！　せっかく授かった大切な命なのよ。冗談でもそういうこと、言わないでくれる？」

正樹は、男の子でも女の子でも同じくらいうれしいと言ったが、亜矢子は強く、男の子を望んでいた。男の子には、限りない夢がある。女の人生よりも、男のそれには、無限の可能性があるように思えてならない。その夢を、共に見たい。夢の実現をいっしょに経験したい。自分の経験できない「男の人生」を、母親としていっしょに創造したい。

妊娠しているのが仮に女の子だったら、何がなんでももうひとり産もうと思っていた。幸いなことに、亜矢子の胎内に宿ったのは男の子だった。

逆子だったこともあり、出産は、想像を絶する難産だった。母体が危ないというほどに出血がひどく、産後の体調も思わしくなく、退院後、亜矢子は「子どもはひとりでいい」と思うようになった。以来、ひとりっ子の難点について、したり顔で述べている専門家の姿をテレビで見たり、同様の育児書の記述を目にするたびに、ひとりの子どもを全身全霊で愛し、慈しみ育てることの、いったい何がいけないのだろうかと、亜矢子は不愉快な気分になった。

大樹、元樹、夏樹、仲樹。

自身の名である「正樹」の「樹」を、息子の名前にも入れたいと言われ、夫から提案された四つの名前のなかから、亜矢子が選んで「伸樹」と名づけた。枝を伸ばし、葉を茂らせ、花を咲かせて実をならせ、天まで届かんばかりに伸びていって欲しい。そんな期待をこめて。

三人の暮らしが始まって一年後、正樹に、シンガポール支社への赴任が言い渡された。この赴任は、ある意味では栄転だった。本社にもどってきたときには、管理職につけることが保証されていた。赴任期間は最低でも二年、長い場合には、四、五年か、それ以上に及ぶこともあるという。

「いっしょに行こうよ。そうしてくれよ。向こうでの住居は会社が用意してくれるし、生活費の一部も、補助してもらえる。隣近所には日本人の家族も少なからず住んでいるらしくてね、治安にはまったく問題がないし、おまけに高級住宅地のなかの一軒家らしい。その間《かん》このマンションは、親戚の誰かに貸せばいいと思うんだ。楽しいと思うよ、熱帯圏の海外暮らし」

「私たちは楽しいかもしれない。でも、伸樹くんの教育はどうなるの？」

亜矢子の必死な顔つきを見て、正樹は笑い飛ばした。

「教育って言ったって、まだ一歳だろ？　心配ないよ、そんなこと」

亜矢子は食ってかかった。

「何言ってるの、伸樹くんにとっては、これからの一、二年がいちばん重要な時期なのよ。子どもの能力や才能をどれだけ引き出せるかは、三歳までの教育にかかっているの。脳の発育がいちばん活発な時期なんだから。この子の将来を左右するような、そんな大事な時期に、絶対に外国へなんか、行けない。アメリカやヨーロッパならともかく、シンガポールなんて。子を持つ親として、これは当然の選択だと思うわ」

そのあとに亜矢子は、涙ながらに打ち明けた。こんな話が出なければ、自分ひとりの胸に秘めておくつもりだったことを。

「このあいだ、うちを訪ねてきた保健師に言われたの。お宅のおぼっちゃんは成長の速度が少し遅いようですねって。表情も乏しいし、ほかのお子さんに比べると、動きが活発じゃないし、喃語《なんご》もあまり出ないようだし、おそらく言葉も遅くなるだろうって。今からこんなことじゃあ、先が思いやられるわ」

「気にし過ぎだよ。僕には、伸樹は元気な普通の子に見えるよ」

「あなたは、よその子を見ていないから、そんなのん気なことが言えるの」

それでも正樹は「家族揃って暮らしたい」と主張していたが、最終的には、半ばあきらめるような恰好で、折れた。なるべく二年後に日本へもどれるよう、ありとあらゆる努力をすると言って。

けれども、夫の単身赴任はまだ終わらない。

最初の頃は頻繁に日本帰国をしてきたけれど、おとどしくらいから、とみに間遠になってきた。一歳だった息子は父親の味を知らないまま、もうじき四歳になろうとしている。電話は滅多にかかってこないし、メールも届かない。もともと筆まめな人ではなかったので、亜矢子は気にしていない。寂しいとも思わない。

現地で恋人でもできたのだろうか、と、亜矢子は窓の外に広がる空《くう》を見つめながら、まるで他人事のように「シンガポールで愛人と暮らしている夫」を想像してみる。仮にそれが事実だったとしても、私はそれほど大きなショックは受けないだろう。そのことがショックだと、亜矢子は思う。


独り寝のベッドから抜け出すと、亜矢子は素肌にまっ白なバスローブを羽織った。

下着もパジャマもいっさい身に着けないで眠る「裸で睡眠健康法」。雑誌で読んで知って以来、真冬でも裸で寝ている。伸樹にも、そうさせている。だからふたりとも、風邪ひとつ引かない。亜矢子はそう思い込んでいる。

洗顔後、身支度をととのえたあと、親子ふたり分の朝食を丁寧につくる。和風、洋風、と、代わり番こにメニューを変えている。これも「朝食は健康の要」という新聞記事を見てから実践し始めた。体にいいとされていることは、なんでもすぐに取り入れる。冷蔵庫の扉のかたすみには、色あせた食品分析表がマグネットで留められているが、その詳細は、亜矢子の頭のなかに正確に刻み込まれている。

七時きっかりに、子ども部屋で寝ている伸樹を起こし、七時二十分から、いっしょに朝ごはんを食べ始める。

伸樹はその二十分のあいだに、顔を洗い、ひとりで衣服を身に着ける。亜矢子はいっさい手伝わない。

身のまわりのことは、なるべく早く、独力でできるよう厳しくしつけること。これは『画期的な育児方法100』という実用書から得た知識だ。「幼いときには、しつけは厳しければ厳しいほど功を奏します。そうして、その厳しさを、加齢と共にゆるめていくのが良いでしょう」——その結果、伸樹は、幼児にとっては非常に難しいとされるボタン掛けまで、ひとりでちゃんとできるようになっている。

「おかあさま、おはようございます！」

涼やかな声が響く。

テーブルに着く前に、伸樹は亜矢子に向かって、朝のあいさつをする。元気よく明るく、潑剌《はつらつ》とした表情で、亜矢子の顔を見て。何もかも、亜矢子が徹底的に教え込んだやり方だ。

「はい、おはよう。ゆうべはぐっすり眠れましたか？」

「はい」

「それはよかった。じゃあ、朝ごはんをいただきましょうね」

「はい、おかあさま」

今朝は和風の日だから、ふたりの目の前には、目玉焼き、焼き魚、大根おろし、ほうれん草のおひたし、わかめと豆腐の味噌汁、玄米のごはんなどが並んでいる。洋風の日には、おひたしがソテーに、味噌汁がスープに、玄米が全粒粉のパンになる。パンは亜矢子の手作りだ。ほうれん草をはじめとする野菜はすべて、無農薬。添加物の入っているベーコン、ソーセージ、ハムなどは、食卓にはのぼらない。その代わりに「目玉焼き」だけは、和風の日も洋風の日も、毎日欠かさず、伸樹だけに与える。

「いただきます」

伸樹は、胸の前で人形みたいな小さな手を合わせてから、箸置きに置かれている箸を取る。四歳児とは思えないほど、箸も上手に使える。これも亜矢子の施した、厳しい訓練の賜物だ。大豆から始めて、豆腐の賽《さい》の目切りまで、箸を使って、皿から皿へときれいに移し替えさせる。二歳の頃から毎日二時間ほど、そのような作業をやらせていた。かわいそうだと思うこともあったが、みるみるうちに上達するのを見ていると、「もっと、もっと、上手になろうね」と、やめられなくなってしまうのだった。

「はい、どうぞ召し上がれ。よく嚙んでね、全部残さず食べましょうね」

「はい」

人から何かを言われたときには、「うん」ではなくて、必ず「はい」と答えさせる。そういう癖をつけさせる。幼児語はいっさい使わせない。幼児語の使用は、言葉の習得を遅らせる。これらも皆、育児書に書かれていたことだ。いいとされていることは、なんでも取り入れなくては。

幼児には、ひらがなやカタカナよりもむしろ、漢字を覚える能力が備わっている、というような話を、幼児教育専門家の講演会で聞いてこの方、亜矢子は、家中の家具や器具に「机」「椅子」「冷蔵庫」「本棚」などと書いた紙を貼り付けて常に漢字が目に入る状態にし、伸樹が言葉を口にし始めた頃から、彼が何か言うたびに、手製の漢字のフラッシュカードを見せる、という教育——これも、専門家の提案していたアイディア——を実践してきた。外出するときにも、漢字のフラッシュカードをバッグに入れて、持ち歩いている。

たとえば公園で犬を見かけたら、

「公園に大きな犬がいるね。茶色の犬」

と言いながら、「公園」「大」「犬」「茶色」というカードを見せる。

「わんわん、いるー」

などと、伸樹が言おうものなら、亜矢子は一刀両断に斬り捨てる。

「違います。あれはわんわんじゃありません。いぬ、いぬ、いぬ。さ、言ってごらんなさい、い、ぬ。漢字はこれよ、はい、見て！」

ひらがなの多用されている絵本の文章の部分には、漢字交じりの文章——亜矢子が手書きで紙に書いたもの——を貼り付けてから、与えた。自分の名前、親の名前、住所なども、最初から漢字で教え、漢字で書かせた。亜矢子の「早期漢字教育」は見事に成功し、伸樹は今、小学校で習う漢字の八十パーセントくらいの読み書きができる。

こういった教育を施す際に、亜矢子は長めの竹の物差しを使用した。伸樹が「はい」を忘れてつい「うん」と言ったり、「わかりまちた」「おなかがしゅいた」と言ったりしたときには、容赦なく、間髪を容れず、物差しで頬を打った。

「竹製の物差しで打たれると、実際にはそれほど痛くはないのですが、ピシッといかにも痛そうな音がします。その音による恐怖心から、幼児は『してはならないこと』を体で覚えることができるのです」

亜矢子が全面的に信頼している、幼児教育専門家の著した本の記述に従って。

「お母様が叩いたあとで、お子様がその行為をやり直すなり、言い直すなりして、うまく改めることができたときには、思い切り褒めてあげましょう。頭を撫でたり、抱きしめたりして、お母様の深い愛情を表現しておきましょう。そうすることによって、竹の物差しは愛の鞭となります。ただし、お母様は『さっきは痛かったね』とか『ごめんね』とか、絶対に謝ってはいけません。あくまでも、叩いた行為は正当であったということを理解させなくてはなりません」

そのあとには、こんな一文がつづいていた。

「そうしないと、お母様の行為は、教育ではなくて、虐待になってしまいます。正しく使用すれば、それは躾《しつけ》。すなわち、必要かつ有意義な教育でありえます」

だから、亜矢子は安心して、伸樹の頬や肩や腕やふくらはぎを打った。お漏らしをしたときには、お尻を。

打てば打つほど、おもしろいほど、伸樹はなんでも上手にできるようになった。漢字のみならず英単語もどんどん覚えていく。このごろでは、簡単な方程式までですらすら解いてしまう。もともと頭のいい子なのだろう。類い希な才能のある子なのかもしれない。「竹の物差し教育」によって、我が子の才能がぐんぐん伸びていっているという実感がある。まるで「ジャックと豆の木だわ」と、亜矢子はほくそ笑む。

打つたびに、亜矢子は確信した。これは「愛の教育」なのだと。

「さ、目玉焼きも食べましょうね」

亜矢子は優しく、目の前に座っている仲樹に声をかけた。

ほうれん草、焼き魚、大根おろし、味噌汁、ごはんは、きれいに片づいている。残っているのは「目玉焼き」だけだ。仲樹が目玉焼きを嫌いなことは、百も承知している。亜矢子だって、苦手だ。見た目も口当たりも匂いも味も、気持ち悪い。しかし、食べさせなくてはならない。それが教育だ。それが愛だ。それが親の務めだ。

仲樹のまぶたは、涙で膨らんでいる。こぼれないように、懸命にこらえている。涙をこぼせば、痛い竹の物差しが飛んでくるとわかっている。

「さあ、どうぞ」

満面に笑みをたたえて、亜矢子はうながす。

仲樹は観念したのか、背筋を伸ばし意を決し、皿の上に並んでいる目玉焼きをひとつ、箸でつまんで、口のなかに入れた。同時に、顔をぎゅっとしかめる。

ふたつ、三つ、四つ……食べるたびに、顔をしかめる。苦しそうな表情になる。もしかしたら、噛まずに呑み込んでいるのだろうか。

「ちゃんとよく噛んで！」

「はい」

五つ、六つ……

魚の目が、仲樹の口のなかに吸い込まれていく。皿に並んでいる「目玉」が、幼い仲樹を睨みつけている。まるで、ホラー映画の一場面のようだ。

亜矢子のつくる目玉焼きというのは、文字通り、まぐろの目玉の蒸し焼きなのである。

「離乳食を与え始める時期から、四、五歳くらいまでのあいだに、集中的に大量にまぐろの目玉を食べさせると、脳の発育、形成に、非常に素晴らしい影響があることが証明されている」

これは、アメリカの医学博士の書いた「脳の発育と栄養学」という論文から仕入れた知識だ。論文の翻訳を請け負っていた知人が教えてくれた。「もしかしたら、育児中の人にとって、興味のあることかもしれないと思って」と言われ、送られてきた訳文を読んで以来、亜矢子は毎月、冷凍されたまぐろの目玉を業者から取り寄せている。一日十個。一ヶ月分として、三百個。費用はたったの三万円。一年で、三十六万円。それで素晴らしい脳が形成されるのであれば、安いものではないか。

「仲樹くん、おいしいですか？」

「はい」

「よく食べましたね。でも、あしたはもっとよく噛んでね。噛めば噛むほど、よく消化され、栄養もしっかり吸収されますからね。そうすれば、仲樹くんはもっと賢い子になれますよ」

言いながら、亜矢子は、「消化」「栄養」「吸収」と書かれたカードを見せる。「消化」の裏には「同音異義語＝消火、昇華、商家、唱歌」と記されている。

朝食のあと、それぞれの単語の意味を教えるつもりだ。

「ごはんが済んだら歯磨きをして、歯磨きが終わったら、勉強をしましょうね」

「はい」

仲樹は顔を上げ、亜矢子の目をまっすぐに見つめて、非の打ち所のない返事をする。

つぶらな瞳、汚れを知らない瞳、純真で、純粋で、なんて美しい瞳なんだろう。私の産んだ子。私の可愛い子。私の天使。私の幸福のすべて。私だけを頼りに生きている、無垢で無力な愛しい存在。私はマリア。私は守護神。私だけがこの子を守れる。そんな思いに、亜矢子は一瞬、うっとりする。

次の瞬間、亜矢子の胸はきりきり痛む。

「返事をするときには、相手の顔をちゃんと見るの！　何度言ったらわかるの？　やり直しよ」――ヒステリックに叫んで、この小さな頬が赤紫に染まるほど強く、物差しで打ったことがある。一度ならず、何度も。可愛らしい瞳から、ポタポタポタポタ、雨粒みたいに落ちていた涙。けれども、終わり良ければすべて良し。苦い記憶も罪悪感も、成功という結果があれば、すべては霧散する。育児とは、結果がすべてなのだと、亜矢子は思い直す。

「おかあさま、ごちそうさまでした」

「はい、それじゃあ、きょうの勉強、がんばって下さいね。あとで、私もお部屋に行きますからね。それまでは、ひとりで勉強できますね?」

「はい」

伸樹は、子ども用の椅子から滑り下りると、椅子をテーブルの下に収め、自分の使った食器を重ねて流しまで持っていく。それから、バスルームで排便や歯磨きを済ませて、勉強部屋に向かう。

そのとき、壁の時計は午前八時半を指している。

八時半から十一時半までの三時間、伸樹は「白い部屋」にこもって、午前中の「義務教育」を受ける。

3LDKの間取りのマンションに、おまけとしてくっついてきたような、狭くて窓のない小部屋。広さは三畳程度か。物置き、あるいは、書庫として使えるように設計された部屋なのかもしれない。

もともとはクリーム色だった壁を、亜矢子は白に塗り替えた。

「子どもの集中力を高め、養うためには、部屋の壁は白一色で統一すること」

これは誰のすすめだったたか、忘れてしまった。まぐろの目玉をすすめていた医学博士の説だったような気もするし、講演会で耳にした情報だったような気もする。

白い部屋には、壁に向かって机がぽつんとひとつ。ほかには何も置かれていない。見ようによっては監獄のようでもある。あるいは、白い強制収容所か。

机の上には、ゆうべのうちに亜矢子の用意したプリントの束が重ねて置かれている。束は三つ。計算問題が七枚、漢字の書き取りが八枚、英語の単語ドリルが五枚。合計二十枚。通常は合計十五枚と定めているのだけれど、前の日に、ひとつでも間違ったところがあれば、そのプリントは翌日にもう一度、やらせる。だから、間違えば間違うほど、翌日は枚数が増えて大変になる。

これらのプリントは、巷に溢れている幼児向け教材や知育プリントなどのなかから、亜矢子が取捨選択し、みずから切り貼りとコピーをして作成した、オリジナルのプリントである。食べ物と同じで、既製のものをそのまま与えるのではなく、何もかも、母親の愛情のこもった手作りでなければならない。そのような信念を持って、亜矢子は我が子の教育に一意専心している。

「あなたの赤ちゃんは天才」――。

伸樹がおなかのなかにいる頃から、亜矢子は、乳幼児に対する早期教育に、並々ならぬ関心を抱いてきた。幼い子どもの持っている計り知れない能力をどこまで伸ばしてやれるかは、親の熱意にかかっていると思っていた。すいかみたいに膨らんだおなかを抱えて、せっせと胎教教室へ通った。その教室でもらったリーフレットの、それが、タイトルだった。

家にもどると、教室で教わった通り、リビングルームのソファーにゆったりと腰を沈めて、おなかに手を当て、モーツアルトの音楽を聴きながら、絵本を読んで聞かせた。そうして、生まれたら、すぐにでも通わせたいと思いながら、あちこちにある乳幼児教室に問い合わせをしたり、見学に出かけたりしていた。

そんなある日、胎教教室で知り合った人を通して、ある小学校受験塾の存在を知った。その塾へ通わせれば、ほぼ百パーセント確実に、夫の出身大学でもある有名私立大学に、小・中・高とエスカレーター式に進んでいくことができる。ただしその塾は、特定の幼稚園に通う五歳児のみを対象としており、入塾テストの合格倍率は、およそ八十倍だという。

亜矢子がここ数ヵ月、伸樹に課しているプリント学習は、「特定の幼稚園」とこの塾に入るための受験勉強なのである。

午前中の学習を終えた伸樹は、ランチと短い昼寝のあと、月・水・金は水泳教室へ、火曜日はピアノ教室へ、木曜日は体操教室へ、土曜日は絵画教室へ。送り迎えはもちろん亜矢子の運転する車で。帰宅後は、夕食の前に、ふたたび白い部屋での学習が待っている。伸樹が教室でレッスンを受けているあいだに、亜矢子はその日の午前中のプリントの出来具合をチェックし、夕方の補習の準備をしておく。母と子は常に一心同体で、目標に向かって進んでいかなければ。

夜の伸樹の就寝時刻は九時と決めているが、その前に必ず一時間、亜矢子はベッドサイドで本を読み聞かせている。これは、赤ん坊時代から一日も欠かさずつづけている「読書の習慣」だ。

「ゼロ歳児から始めて一日一冊、一年で三百冊以上、三年で千冊以上、読み聞かせれば、三歳児でも夏目漱石や川端康成が理解できるようになります」

事実、そうなっている。ベストセラーにもなった翻訳書『驚異の赤ちゃん脳』に書かれていたことは、正しかった。

「幼児の脳というのは、驚くべきほどの柔軟さを持っており、その吸収力は、驚異的ですらあります。しかしだからといって、無理矢理、詰め込むだけ詰め込む、というようなやり方は、避けなくてはなりません。何よりも重要なのは、教え、学ぶ際の、母と子のあたたかい触れ合いであり、心と心、魂と魂の通い合った交流なのです」

仲樹が白い部屋にこもってから、小一時間が過ぎていた。

そのあいだに亜矢子は、食卓とキッチンのあと片づけをし、バスルームの掃除をし、洗濯物を洗濯機に放り込み、いくつかの雑用を済ませた。

白い部屋に向かって廊下を歩いていきながら「きょうは火曜日。ピアノ教室は二時から。ランチはいつもより早めに食べさせ、出かける前にピアノのおさらいをさせねば。それならば、ランチはサンドイッチにするか。卵とセロリと人参、いや、ツナとセロリと人参だ。サラダはブロッコリーとトマト」と、脳内のメモ帳をパタパタ、せわしなく捲る。

廊下の突き当たりにある白い部屋の扉は、閉められている。

ドアをあける前に、亜矢子はノックをする。トントントンと、三回。仲樹の「はい」を待ってから、あける。これも、亜矢子の決めた決まりのようなもの。欧米では、それが常識であるとも聞いている。たとえ母親であっても、だからこそ、我が子には敬意を払いたいし、親しき仲にも礼儀ありという考え方を身につけさせたい。

トントントン。

「……」

「仲樹くん、お返事は？」

ドアのこちら側から、声をかけた。どうしたんだろう。きょうに限って「はい」が聞こえてこない。それほどまでに、プリントに集中している、ということか。それはそれで良いことではあると、亜矢子は微笑む。

もう一度、ノックをしてみた。トントントントンと、強めに四回。

「……」

だが、返事はもどってこない。おかしい、どうしたんだろう。

「入りますよ、がんばってる？」

ドアをあけ、部屋に足を踏み入れた瞬間、激しい異臭が亜矢子の鼻を突いた。「うっ」と声が出た。反射的に、手のひらを口と鼻に当てながら「なんなのこの臭いは」と思った。思うまでもなく、わかった。臭いが目に「見えた」というべきか。

一瞬、頭のなかがまっ白になった。

「きゃーっ」

亜矢子は悲鳴を上げた。

白い壁の四方に、指で塗りたくられた大便。床には吐瀉物《としゃぶつ》。あたりに散らばっているプリントにも、筆記用具にも、べたべたと排泄物がくっついている。どういうこと？　何が起こったの？　何をしたの？　どういうこと？

見ると、仲樹は机の下にもぐり込んで、頭を抱えてぶるぶる震えているではないか。叱られるのが怖いのか、自分のしてしまったことが恐ろしいのか。

とにかく、落ち着かなくてはならない。これは、異常事態だ。亜矢子は深呼吸——をしたかったけれど、臭いのせいでできなかった——の代わりに、咳払いをひとつしてから、机の下の仲樹に声をかけた。

「仲樹くん、どこか、具合でも悪いの？　おなかの具合が悪くなったのかな？　出ておいで。きれいにしてあげるから。さ、出ていらっしゃい」

仲樹はさなぎのように身を固くして、片方の手で机の脚を握りしめたまま、じっとしている。亜矢子の顔を見ようともしない。

猫なで声をかけてみた。スカートのポケットから頭がのぞいていた竹の物差しを、ぐいっとなかに押し込みながら。

「だいじょうぶよ。怒ったりしないから、ぶったりしないから、だいじょうぶよ。ね、だから出ていらっしゃい。体も顔も、きれいに洗ってあげるから」

仲樹は亜矢子から顔を背けたまま、微動だにしない。まるで、亜矢子の声が聞こえていないかのように。言葉の意味が理解できないかのように。

亜矢子は腰を屈め、両腕を伸ばして、汚れたシャツ越しに仲樹の肩と背を摑んで、外に引っ張り出そうとした。

亜矢子の手が触れた瞬間、部屋中に、仲樹の泣き声が響きわたった。部屋の空気を引き裂かんばかりの勢いで、仲樹は泣き叫んだ。

ぎゃあああああ、うぎゃああああああ、ふぎゃあああああああ……

人の声とも思えないようなその声に、けれども、亜矢子は聞き覚えがあると思った。

おわあああああああ、うわああああああ、あわああああああ……

聞き覚えがある。確かに何度も、聞いたことがある。

それは、生まれたばかりの赤ん坊が全身全霊をふりしぼって泣く、あの、謂われなき恐怖に取り憑かれているかのような泣き声だった。

「泣かなくてもいいの。仲樹くんは何も、悪いことはしていないのよ。おなかの具合が悪かったのよね。それだけよね。だから、泣かなくていいの。よしよし気持ちが悪かったねえ、今すぐ、取り替えてあげるからね」

亜矢子は懸命にあやした。まさに、赤ん坊をあやすようにして。おしめを替えてやるときのように。あやしながら、伸樹の体を机の下から外に引きずり出すと、両脇の下に両手を差し入れて、自分の前に立たせようとした。

「さ、立って、まず洋服を脱ごうね。自分でできるでしょ？」

伸樹は立つことができない。ふにゃふにゃとその場に崩れてしまい、寝転がったまま、両手の拳を握りしめ、両足をバタバタさせながら、泣きつづけている。亜矢子は呆然とした。我が子が突然、巨大な芋虫になってしまったかのようだ。

「困ったねえ、どうしちゃったんだろう。伸樹くんは、こんな子じゃなかったはずよね。どうしたんだろう、困ったねえ」

自分の独り言を聞きながら、亜矢子は、これが誰か別の人のつぶやきだったらいいのに、などと思っている。

「わかった。じゃあ、連れていってあげる。仕方のない子」

糞便にまみれた幼子を横抱きに抱きかかえて、バスルームまで運んでいった。

洋服を脱がせるのももどかしく思えて、抱きかかえたまま、自分もいっしょにシャワーをザーザー浴びた。それから、シャツとズボンと靴下とパンツを脱がせ、自分の衣服も毟《むし》り取って、もう一度、ふたりでお風呂に入り直すことにした。

　バスタブに湯を張っているあいだに、ナイロンのタオルと、仲樹の体と、ついでに頭にも、思うさまボディソープをかけて、小さな体のすみずみまで、タオルでごしごしこすってやった。こすっても、こすっても、いやな臭いが取れていないような気がして、亜矢子はヒステリックに手を動かした。仲樹は声を喉に詰まらせて「ひくっ、ひくっ」と泣いている。ときどき、痙攣《けいれん》みたいなものが起こる。

「立ってくれないかな？　そんな恰好じゃ、ちゃんときれいにならないよ」

　立たせようとしても、立たせるたびに、仲樹は足もとからくずおれて、ごろんと横になる。そうこうしているうちに、タイルに頭を打ちつけてしまい、その痛みのせいか、また激しく泣きわめき始める。

「泣かないの、泣かないの、泣いたりしない、ちゃんとしなさい」

　言い聞かせるたびに、亜矢子の体内で、何かが少しずつ、少しずつ、ずれていくような感覚がある。何がずれていっているのか。神経を留めている無数のねじが、ことごとく、ゆるんでいっているのかもしれない。ねじが外れてばらばらになってしまったら、私はどうなるのか、私は壊れてしまうのか。

　お風呂から上がると、仲樹に清潔な洋服を着せてやり、とりあえず子ども部屋に連れていき、ベッドに寝かせた。

伸樹はすでに泣き止んではいたが、目は虚ろで、話しかけても答えは返ってこない。体がぐったりしているように見える。熱はなかった。額はひんやりとしている。髪の毛も頬も冷たい野菜みたいだ。熱はないけれど、どこか、具合が悪いのかもしれない。あとで、かかりつけの病院に電話をしてみようかと、亜矢子は思った。

その前に、しなくてはならないことがある。

白い部屋の汚れを落とす作業だ。キッチンペーパー三本を使い切り、机と椅子についた汚れはスポンジでこすり取り、雑巾で何度も何度も拭いて、空雑巾もかけ、掃除が終わったときには、全身汗まみれになっていた。

白い部屋は一応、もと通りになったものの、臭いはまだ残っていた。亜矢子の体にも、それは残っていた。もう一度、シャワーを浴びた。浴びたあと、思いついて、白い部屋に香水を撒いておいた。

しばらくのあいだ、何をする気も起こらず、亜矢子はぼーっとしていた。今し方、起こったばかりのことを頭のなかで整理してみようとするのだが、うまくいかない。整理もできないし、理解もできない。ただ、それは起こったのだ、ということだけがわかる。

誰かに話をする、誰かに相談をする、という選択肢は、亜矢子には端《はな》からない。こんなとき、いちばん頼りにならないのは他人だ。「他人」のなかには、自分の両親と夫の両親と、そして夫も含まれている。友人は、言わずもがな。友だちなんて、人の不幸にたかる蝿みたいなもの。これまでのつきあいのなかで、亜矢子はそのことを嫌というほど悟っている。だからこれは、私ひとりで解決しなくてはならない。

終わっていた洗濯物を乾燥機に移し替え、出たばかりの新たな汚れ物を洗濯機に入れたあと、子ども部屋をのぞいてみると、伸樹は目をきつく閉じて、すやすや眠っていた。

何事もなかったかのような、安らかな表情をしている。

まるで赤ん坊の頃みたいだわ。なんて可愛らしいの。お人形さんみたい。

頬がゆるんだ。赤ん坊だった伸樹が、火が点いたように泣き叫んでいたかと思うと、お乳をやったり、おしめを替えてやったりしたあとは、ちょうどこんなふうに満ち足りた表情になっていたことを、亜矢子は思い出していた。

なつかしい。そんなに遠い昔のことでもないのに。

久しぶりに、平和で穏やかな気持ちに浸りながら、亜矢子は我が子の寝顔を、優しい気持ちで眺めた。涙なのか、水滴なのか、わからないけれど、まつげに小さな露の玉みたいなものがくっついている。指で拭ってやろうとして、亜矢子ははっと息を止めた。

もしかしたら、これは、あれなのではないか？

まるで赤ん坊の頃みたい、と、ついさっき思った自分の心に、裏切られたような気がする。穏やかな気持ちは、一瞬にして、不穏な気持ちに取って代わられている。

もしかしたら、これは――

そのあとにつづく言葉を、亜矢子は思い出したくなかった。けれどもその言葉は勝手にぽっかり浮かんできて、洗濯機のなかで回る汚れの渦のように、亜矢子の胸のなかをぐるぐるぐるぐる回り始める。

赤ちゃん返り、赤ちゃん返り、赤ちゃん返り……

「まるで赤ん坊にもどったかのような退行現象が、幼児には起こることがあります。たとえば、下の子が生まれて、母親の愛情がそちらに向いてしまったとき、それまでは丸ごと自分に注がれていた愛情を取りもどしたくて、幼児は赤ちゃん返りをします。赤ちゃん返りは、お子さんがお母さんに愛情を求める行為です。母親が育児ノイローゼに陥っているときなどにも、起こることがあります。母親の不安がそっくりそのまま、子どもに移ってしまうからです」

育児書には、そんなことが書かれていた。でもなぜ、うちの伸樹にそんなことが？　退行現象？　どうして？　どうして？　どうしてなの？

いくら考えても、問いかけても、答えはどこからも出てこない。亜矢子には、何がいけないのか、まったくわからない。こんなにも愛情をかけて、こんなにも大切にして、こんなにも一生懸命、私はこの子を育てている。これは、育児ノイローゼなんかじゃない。愛情だ。至極まっとうな愛の形だ。私は悪くない、間違っていない。伸樹は天才で、私はその天賦の才能を伸ばそうとしているだけ。

それなのに、それなのに、それなのに、なぜ。

お昼過ぎになっていた。

ランチをつくる気力もわいてこないし、おなかも空いていない。伸樹は相変わらず、ぐっすり眠り込んでいる。

ピアノ教室に電話をかけて「きょうはお休みさせていただきます」と告げると、洋服を着たまま、伸樹のベッドに入って、添い寝をした。頭痛がする。腰も痛い。疲れが溜まっているのかもしれない。ひと眠りしよう。起きたときには、すっかり元気になっているだろう。伸樹もちゃんと、普通の状態にもどっているに違いない。きょうはもう、勉強は休ませてあげよう。遅れた分はあした、取りもどせばいい。

横になって、うとうとしていると、浅い眠りのなかで「さっきの出来事は全部、夢だったのよ」と自分に言い聞かせている自分がいた。目覚めたときには、すべてが元通りになっている。白い部屋には悪臭は漂っていない。先に目覚めた仲樹は、みずから白い部屋にこもって、プリントのつづきに取り組んでいる。

それが現実だ。

さっきの出来事は、何もかも夢——。

突然、胸のあたりで、もぞもぞ動く気配のようなものを感じて、亜矢子は目を覚ました。

なんだろう？

訝《いぶか》しく思いながら胸もとに目をやると、仲樹が両手で、亜矢子の乳房をまさぐっているではないか。振り払おうとすると、子どもとは思えないような強い力で抵抗された。

「ああっ」

小さな悲鳴が漏れた。痛い、やめて、何するの？

自分の身に、何が起こっているのかわからないまま、

「いたたたた」

亜矢子は上半身を起こした。

胸に張りついていた仲樹の頭が、どさっとベッドの上に落ちた。うぎゃああああああ、と、また赤ん坊の泣き声。

乳房が痛い。ブラウスに血が付いている。あわてて胸をはだけて見てみると、案の定、右の乳首から血液が滲み出ている。さっきの痛みは、伸樹が乳首に噛みついたせいだったのだ。ちぎれるかと思うほど、痛かった。まだそこに、小さな歯が食い込んでいるような気がする。

背筋がすーっと凍りついた。

我が子が怪物と化してしまった。

胸を押さえて、亜矢子がベッドから出ようとすると、伸樹は泣きわめき始めた。明らかに、おなかの空いた赤ん坊の泣き方だった。

「わかった、わかりました。今、ミルクをあげるから、ちょっと待ってて」

よろける足取りでキッチンへ向かい、冷蔵庫から牛乳を取り出して温めようとした。火が強すぎたせいか、すぐに沸騰して膨らみ、白い液体が鍋から外にあふれ出た。

火を止めようともしないで、亜矢子はその様子を眺めていた。右の乳房がしくしく痛む。この現実を信じたくない。信じられない。けれども、この痛みが現実を如実に物語っている。

あの子は、赤ん坊にもどってしまった。

いったい何がいけなかったのだろう。こんなに愛情をかけているのに、それでもまだ足りないというのか。私のどこが、何が、いけなかったのだろう。私は母親として、するべきことをしてきただけではないか。それのどこがいけないのか。我が子のためによかれと思って尽くすことの、どこが間違っているのか。

どこも間違っていない。

仲樹の泣き声が、ますます激しくなってくる。耳をふさいでも、指のすきまから、声は亜矢子の耳の穴に入り込み、弾丸のように突き上げてくる。まるで、亜矢子の脳味噌を破壊しようとするかのように。

あの泣き方は——

もしかしたら、パジャマのズボンを濡らしてしまったのか、汚してしまったのか。紙おむつをさせておくべきだったのか。そんなものは、家にはない。買いに行かなければならない。ついでに哺乳瓶も？　おしゃぶりも？　冗談じゃない。ああ、うんざりする。

亜矢子は鍋の火を止めて、リビングルームへ向かった。そこへ行けば、仲樹の泣き声が聞こえなくなる。聞きたくなかった。今さら赤ん坊の声など。

リビングルームの出窓の前に立って、亜矢子は外の景色を見た。

空が広がっている。雲が浮かんでいる。羊雲だ。美しい初秋の空だ。今、何時くらいだろう。夕方にはまだ早い。小鳥が飛んでいる。あの小鳥たちは、どこへ向かって飛んでいくのだろう。帰る家があるのだろうか。

亜矢子は視線を下げて、空の下にある地上の風景を見やった。彼方まで広がる雑然とした街並み。目の届く範囲内に、大中小、合計三つの公園が見える。

大きな公園は、園内にいろいろな施設や美術館などがあって、まるで小さな町のように見える。観光客の姿も大勢。その公園を訪れることは、滅多にない。駅まで急いで行かなくてはならないときに、通り抜けることはあるけれど。

中くらいの公園へは、以前はしょっちゅう仲樹を連れて、出かけていた。そこで、おない年の子どもを持つ母親数人と知り合った。最初のうちは仲良くしていたが、ある日を境にふっつりと行くのをやめた。陰で、亜矢子と仲樹の悪口を言っている人がいると、知らされたからだ。「英才教育もあそこまで加熱すると、異常な感じがする」と。「くだらない」と、亜矢子は思った。今も思っている。仲樹のできがあまりにもいいから、嫉妬しているのだ。悪口を言う人も下等だし、それをわざわざ伝えてくる人も下品だ。だいたい私は「仲樹くんママ」などと呼ばれたくない。私には名前がある。もしも独身同士だったとしたら、決して友だちにはならないだろうと思えるような人たちと、同じ年ごろの子どもがいるというだけで、なぜ、つきあわなくてはならないのか。忌々しい。

最後に小さな公園を見た。

その公園が、マンションからいちばん近くにある。しかし一度も行ったことがない。まわりを樹木に囲まれた、せせこましい公園だ。遊具や砂場や花壇などはない。まんなかに、大ぶりなベンチだけが置かれている。そのベンチに、ひとりの老人と少女が腰かけている。ふたりは和やかに会話を交わしているようだ。もちろん表情までは、見えない。が、なんとはなしに心の和む光景だった。たとえば可愛らしい絵本の一場面を見ているような。今度、行ってみようか、と、亜矢子は思った。伸樹とふたり、あの小さな公園へ。

一瞬、背中に、伸樹の泣き声が聞こえたような気がした。まだ、泣いているのか、あの子は。何が欲しいのか、何を求めているのか。お願い、これ以上、私を困らせないで。

小さなため息をつきながら、亜矢子はゆっくりと、ガラス窓の真下を見下ろした。

マンションのエントランスとその周辺に植えられている、神樹の並木の枝が見えた。いつのまに、こんなに大きくなったのか。あともうちょっとで、最上階のすぐ下の窓まで届きそうだ。枝と枝が重なり合うようにして、びっしりと茂っている。曲がった枝もあれば、まっすぐな枝もある。無数の緑の腕と腕が、からみ合っているようにも見える。

ふと、亜矢子は思った。

これは神樹の腕だ。いや、これは、神樹のゆりかごだ。ちょうど、人の子がすっぽりと埋まりそうな、猛禽類の鳥の巣みたいな、木の枝で編まれた、気持ちのいいゆりかご。ゆりかごを支えている枝々は、そよ風に揺れながら、優しく赤ん坊を揺らす。葉と葉のあいだから降り注ぐ、柔らかな陽の光。小鳥はゆりかごのまわりを飛び交いながら、子守歌をさえずる。青い小鳥、黄色い小鳥、赤い小鳥。

そうだ、伸樹をこのゆりかごに乗せてやろう。赤ん坊に返った伸樹は、ゆりかごに乗りたいに決まっている。あの子をこのゆりかごに乗せてやろう。

そうすれば、あの子は泣き止む。

亜矢子は出窓を大きく開くと、小走りで伸樹の部屋へと向かった。

母親として、我が子のためにできることがあれば、なんでもしてやらなくてはならないと思っている。

木を抱きしめて生きる

その不思議な公園を見つけたのは今から十年ほど前のことで、私はその頃、都内の私立高校に通う十七歳の女子学生だった。

散歩、というよりも徘徊と言った方がいいのか。少なくとも、歩き回る目的はあったわけだから、徘徊ではなくて、探索と呼ぶべきか。とにかく、学校のお昼休みに、ひとりでお弁当を食べることのできる場所を探しながら、校舎の周辺をうろうろ歩き回っているうちに、思いのほか遠くまで来てしまい、あきらめて引き返そうとしているとき、偶然、その近くを通りかかったのだった。

表通りから脇道に逸れ、神社の境内を通り抜け、いくつかの曲がり角を曲がったところに小学校があり、運動場のそばを通り過ぎて、さらに五、六分ほど歩いていったあたり。立体駐車場、林立するアパートやビルや家屋の裏側、工場みたいなものの塀にぐるりを取り囲まれ、その内側に木は植わっているものの、ぱっと見ただけだと公園には見えない。

土地開発のために更地にもどされたが、その後、なんらかの事情が発生して置き去りにされてしまった、そんなふうにも見える一角。

「あ、呼ばれてる」

と感じて、迷うことなく、そこに足を踏み入れていったのは、猫の額ほどしかないその土地のちょうどまんなかあたりに、ちょっと変わったベンチがぽつねんとひとつ、たたずんでいたから。

そのベンチに、私は「名前を呼ばれた」と思った。

私の名前は「梢」という。

「こずえ、わたしは、ここよ。ここにいる」

ベンチはそう言って、私を誘《いざな》った。

駅や公園によくあるようなベンチとは違って、そのベンチは、木の幹や枝を巧みに組み合わせて創られていた。

腰かけてみると、お尻がほんのり温かい。さんさんと降り注ぐ春の陽射しに温められていたのだろう。もっと深く腰かけてみると、背中に当たる木が湯たんぽみたいにほかほかしている。どこもかしこも硬いはずなのに柔らかくて、心地いい。椅子に包み込まれているような、守られているような、安心な気持ちになる。

これは「私のベンチだ」と、勝手に決めつけた。このベンチは、私に見つけてもらえるのを、今までずっと、ここで待っていたに違いない。いや、私がベンチに見つけてもらえるのを待っていたのだ。

「また来るからね、ありがとう」

その日はもうあまり時間がなかったので、そそくさとお弁当を食べて学校にもどった。次の日も、その次の日も、お昼休みになるとその公園に来て、ひとりでお弁当を食べ、食べたあとは本を読んだり、ぼーっとしたりして、静かな時間を過ごした。

休日を除くほとんど毎日、その公園を訪ねるようになって半月くらいが過ぎても、私のほかに姿を現す人は、いなかった。そもそもここを「公園だ」と思っている人も、いないのかもしれない。遊具などもないし、子どもが集団で遊べるようなスペースもない。

あるのは、何本かの木。

木々に囲まれるようにして、木のベンチがひとつ。ベンチのすぐそばにも一本。

最初のうちは気づかなかったのだが、ベンチのまわりに生えている木々の根もとには、それぞれ小さなネームプレートみたいなものが埋め込まれていた。そこにはおそらく、木の名前や種類や説明が書き記されていたのだろう。長い年月、雨風に晒されてきたせいか、文字はまったく読めなくなっていた。

私が名前を知っている木としては、樫と木蓮と松、いちょうと杉と銀木犀と椿があり、そのほかにも、名前を知らない木が数本。こんなふうに、いろいろな種類の木が説明付きで植わっているということは、やはりもともとは誰かがこしらえた公園だったのだろうか。あるいはその一部。今は、私だけの公園になっているけれども。

この公園で過ごす、ひとりきりの、静かな時間が私は好きだ。

本当はひとりきりじゃない。私はつねに、大勢の友だちといっしょにここにいる。私の友だちは木だ。木と、木で創られたベンチと、木からできた紙で作られた本。本のなかに在る物語。本当にあったと思われる出来事や、現実にはありえない出来事を文字で綴った作品。

よほどの悪天候でない限り、雨降りの日でも、屋根のある場所でお弁当を食べたあと、私はそそくさとこの公園にやってくる。小雨の日には、濡れるのもかまわず、雨合羽を着たままベンチに座って、私と同じように優しい雨に打たれている木々を眺める。

お昼休みのあとの授業が体育の日は、体育の時間が終わるまでここにいる。

理由は、私の手にある。

私の左手は生まれつき頑固で――世間では「不自由」と言われているが、決して不自由なわけではない。私の左手はいつだって、自由だ。鎖で縛られているわけでもない――私の言うことを聞かない。私は左の腕を持ち上げたり、左手や左手の指を動かしたりすることができない。走ったり、右手でボールを受けたり投げたり、マットの上で転がったり、できる運動はたくさんある。ただ、人よりも時間がかかる。みんなと同じようにはできない。

高校に入学したばかりの頃、家を訪ねてきた担任の先生は両親に言った。

「怪我をされるといけませんし、何よりも本人につらい思いをさせるのは忍びないですから、体育の時間には見学か、図書室で自習をしていただくということでいかがでしょう」

それが学校側の見解だった。

両親は無邪気に喜んだ。学校や先生が私のことを本気で心配し、気づかってくれていると思い込んで。

そうではない。これは心配や気づかいではなくて、厄介払いに近い。表立って拒否はしていないが、本音は障害者に対する拒否なのだ。私には痛いほどわかっている。だからこうして、体育の時間は「自主的に欠席」し、公園で過ごすことにした。

そのことを、悲しいとか、寂しいとか、思ったことは、一度もない。くやしいと思ったことはあるけれど、でも、抗議をするほどのことじゃない。

なぜなら、生来、私は人といっしょに何かをするよりも、ひとりで何かをするのが好きだからだ。

人は苦手だ。両親も、クラスメイトも、先生も、姉も兄も、近所の人たちも、苦手だ。人は信頼できない。うっかり油断して気を許していると、そのうち、とんでもなくひどい目に遭わされる。人は残酷だ。心の底では何を考えているのか、まったくわからない。状況が変わると、意見や考え方をころころ変える。言っていることと行動が、正反対のことが多い。嘘ばかりつく。約束もよく破る。まるで破るために約束しているみたいだ。そしてそのことを恥じてもいない。そして人は、人をいじめる。

小学生の頃は「のろ」と呼ばれて、いじめられた。「のろ」とは「のろま」のことで、左手が使えないために何をするにも人の倍以上時間のかかる私を、クラスメイトたちは笑い、嘲り、疎外した。私が近くに行くと「病気がうつる」とも言われた。一番つらかったのは、無視されることだった。あたかも私がそこにいないかのようにふるまわれるとき、私の心は傷ついた。無視されるよりも、殴られたり、蹴られたりする方がましだと思った。

中学時代には、やたらに持ち上げられた。私の成績が優秀で——体育以外はオール5だった。体育を除くとクラスでトップ。当たり前だ。私は勉強ばかりしていたのだから——思春期を迎えた私の外見が、ぬきんでて美しかったからだろうか。私は「のろ」から「片腕の美少女」に昇格した。

「斉藤さんを見習いなさい」

「斉藤さんは障害を乗り越えて、がんばっているのよ」

教師たちはそんな言葉で私を褒めたたえ、事あるごとに私を公の場に連れ出しては、発言をさせたり、発表をさせたりした。私の書いた作文や描いた絵はいつだって、コンクールで最優秀賞を取った。合唱コンクールではいつだって、ソロのパートを歌わされた。

逆差別という言葉があることを、その頃の私は知らなかったけれど、褒めそやされるたびに居心地の悪い思いをしていた。私は普通でいたかった。匿名の人間でいたかった。左手は不自由であっても、私は自由でいたかった。

高一の夏休みに、生まれて初めて、この人になら心を許せる、信頼できる、と思えるような人と巡り合った。一学年上の他校の男の子だった。学校の行き帰りをいっしょにするようになり、土日には喫茶店で待ち合わせて、映画に行ったり、コンサートに行ったり、試験の前には町の図書館でいっしょに勉強したりした。

心を許していたから、体も許した。彼は優しかった。私の鞄を持ってくれたり、落としたものを拾ってくれたり、「ぼくはきみの左手になる」と言って、実際にそのようにしてくれた。彼の部屋で、私の着ていた服や下着を脱がせ、終わったあとには全部、着せてくれた。たとえ左手が動かなくても、人は人と愛し合えるのだと知ったときの喜びは、悲劇の前のつかのまの喜劇だった。何度か、デートみたいなことをくり返したあと、突然「もう、きみとはつきあえない」と、一方的に別れを宣告された。理由はわからなかった。すぐあとでわかった。彼の両親が、「普通ではない」私との交際に猛反対したせいだった。そのことを教えてくれた友人を、私は激しく憎んだ。

そんなふうにして十七年あまり、身体障害者として生きてきた私は、すっかり人嫌いになった。人よりも動物、植物、木、小鳥、そして本が好きになった。本に出てくる人となら、友だちになれた。なぜなら、本の中の「人」は、言葉で創られた「虚構の人」だから。虚構の人は私を傷つけないし、裏切らない。

世界は、人間のためだけにあるものじゃない。地球上には、人以外の生き物がたくさん存在していて、いつも私を見守り、あるがままの私を受け入れてくれていると気づいてから、やっと、この世は生きるに値するものだと思えるようになった。

動物、植物、木、小鳥、本。みんな私の親友だ。彼ら、彼女たちは、いつも向こうから私を見つけて、私に声をかけてくれる。私の名前を呼んでくれる。そう、この公園のベンチが私に声をかけてくれたように。

六月の初めだった。

その日は、朝からしとしと雨が降っていたけれど、お昼前にはすっかりやんで、小さな公園には、雲間から、樹木の枝葉と枝葉のあいだから、さんさんと、初夏の陽の光が降り注いでいた。

ベンチのすぐ近くに生えている木には、数日前から、梅の実によく似た青い実がたくさん、つき始めていた。この実がもう少し大きくなってくれれば、何の木かわかるかもしれないと、私はひそかに期待を寄せていた。

いつものように、お弁当と本の入った布の袋を肩から斜めに掛け、「私のベンチ」を目指して歩みを運んでいた私の足が止まった。

思いがけないことが起こった。

ベンチに、先客がいるではないか。

うしろ姿が見えた。銀髪の老人だった。ベレー帽をかぶっている。彼の左側には、杖が立てかけられている。

どうしよう、困ったなぁ。いやだなぁ。がっかり。

肩から掛けた袋が、急にずっしりと重く感じられた。きょうは、お昼休みのあとが体育の時間という日だったから、ここでのんびり読書をしようと思って、ぶあつい本を持ってきた。第二次世界大戦中、ナチスによって絶滅収容所に送り込まれ、絶望の谷底に突き落とされながらも、そこから生還してきた、当時十三歳だった少女の記録。内容もずっしり重い。お弁当はおにぎりだ。朝、母が握ってくれたもの。おにぎりのときには、お弁当も重い。

ああ、うんざりする。おなかも空いている。でも、仕方がない。引き返して学校へもどって、図書室へでも行くか。ひとりにはなれないけれど、仕方がない。

そう思って、ベンチに背を向けたとき、老人の声がした。

「おじょうちゃん、もしかしたら、この椅子にご用があったのかな？」

驚いてふり返ると、そこには、やはりふり返って私を見ている、老人の笑顔があった。雨上がりのきらきらした光に包まれて、老人の姿は神々しく見えた。聖人？　仙人？　なんだかこの世の人じゃないみたい。

だから近づいていった。私の苦手な「人間」ではないような気がして。

「いえ、はい、あの、私、いつもそこでお弁当を食べているんです」

言いながら、この人はきっと、私にベンチを譲ってくれるだろう、とも思っていた。

「おお、そうだったか。じゃあ、わたしはあなたの邪魔をしたことになるね。邪魔者はとっと消えないといけません」

老人はそう言って、立ち上がろうとした。けれども、杖を手にするタイミングが外れたのか、大きくよろけて、横に倒れそうになった。私はあわてて駆け寄っていき、右腕で彼の体を支えた。その拍子に、彼のズボンのポケットに入っていた文庫本が地面に落ちた。

「すまないねえ。見苦しいところを見せてしまった。だいじょうぶです。こういったことには慣れていますから。足が悪いのは、生まれつきなので」

はっとした。本を拾って手渡しながら、考えるよりも先に、言葉が飛び出た。

「おじいさん、よかったら、ここに座ってて下さい。私はこっち側に座ってお弁当を食べますけど、それでもよかったら」

木の枝で編まれたようなベンチは、普通のそれよりも大きくゆったりとしていたから、二人で腰かけても、決して窮屈ではなかった。

「そうですか、相席をお許し下さる？　それはまた、誠にけっこうなご提案をいただきました。願ってもないことです。では、お言葉に甘えて」

老人はベンチの左の方に体を寄せると、右側の空いたスペースを、まるで埃でも払うかのようにして手のひらで撫でたあと、ポンポンと叩いてから、「さあどうぞ」と私に目配せをした。

私がお弁当を食べているあいだ、老人は黙って、文庫本のページに視線を落としていた。ときどき顔を上げては、木を見たり、空を見上げたりして、微笑んでいる。たぶん、私から声をかけなかったら、老人はそうやって、本を楽しんだり、空や風や陽射しを楽しんだり、木や小鳥の観察を楽しんだりしながら、いつまででもひとりで、楽しく遊んでいられるんだろうなと思えた。

お弁当を食べ終えて、お弁当箱や水筒をバッグに収めたあと、老人にたずねてみた。

「おじいさん、どんな本を読んでいるのですか？　私も本が大好きなんです」

老人は体の向きを変え、私の目をまっすぐに見つめた。

「ほう、おじょうちゃんも本が好き？　だったらひとつ、この年寄りの願い事を聞いていただけないだろうか」

「どんなことでしょう？」

「ちょっと待ってくれるかな。ええっと、どこにあったかなぁ。ついさっきのあれは。ああ、これだこれだ」

前に、うしろに、ページを何枚か捲ったあと、老人はあるページを開いたままの文庫本を差し出した。古い本だとわかった。もとは白かったと思われる表紙は、ほんの少しだけ黄ばんでいた。

反射的に、私は受け取った。文庫本なら、片手でも簡単に扱えるし、幸いなことにその本は軽かった。人差し指と中指で本の背を、親指を本の右ページに、薬指と小指を左のページに当て、押し広げるようにして持った。老人は、私の「遊んでいる左手」については、何も言わない。それが有り難かった。お弁当を食べている私の姿をもしも横目で見ていたのだとしたら、とっくに気づいているはずだと思った。

「あの、願い事というのは……」

見ると、そのページには詩が書かれていた。見開きに一編。どうやらこれは、詩集のようだ。右手で詩集を持っている私に、意外な言葉がかけられた。

「その詩をね、わたしのために、読んでいただけないだろうか?」

「読むって、朗読するってことですか?」

「そのとおりです。ご迷惑でなければ」

虚を衝かれていたものの、その実、なんだかとても自然な成り行きのようにも思えて、私は咳払いをひとつしてから、そこに書かれている文字の連なりを、声に出して読み始めた。

二羽の小鳥

本を書く人は　ある日　卵を産む
まんまるい形をした卵だ
いっしょうけんめい　あたためる
毎日　朝から晩までだ　休みはない
やがて　卵は孵《かえ》る
すると　今度は餌やりだ
毎日　朝から晩までだ　休みはない
命を育てる仕事に　祝日も休日もない
書く人はせっせと文字を書き　ひな鳥を育てる
ひな鳥はある日、巣立っていく
書く人は見送る　机の上に鉛筆を置いて

本を読む人は　ある日　卵を見つける
四角い形をした卵だ

いっしょうけんめい　あたためる
毎日　朝から晩まで　夢中になる
やがて　卵は孵る
すると　今度は餌やりだ
毎日　朝から晩まで　夢中になる
楽しい時間に　休みも終わりもない
読む人はせっせとページをめくり　ひな鳥を育てる
ひな鳥はある日　巣立っていく
読む人は見送る　本から栞をはずして

このようにして　二羽の小鳥たちは出会う
わたしの手のひらから飛んで行った小鳥と
あなたの心から飛び立って行った小鳥は
最後にかならず出会う
読む人と書く人は　ある日　出会うのだ

私が詩を読んでいるあいだ、老人はまぶたを閉じてじっと、聞き入っていた。

読み終えたあとも、つかのま、老人は黙っていた。

どこからか飛んできた小鳥が、木の枝と枝の重なっているところに吸い込まれていったかと思うと、そこに巣でも掛けているのか、もしもそうなら、おそらく雛鳥たちに餌をやり終えて、またひゅーんとどこかへ飛んでいった。

一連の動きを見届けてから、老人は言った。

「ありがとう。大変けっこうなお声を聞かせてもらいました。生きていてよかったなぁ。そろそろ、おいとまします。また会いましょう。ではおじょうちゃん、お元気で」

そう言うと、私の手から文庫本をすっと取り上げポケットに仕舞うと、今度はじょうずに杖をついて立ち上がり、私にぺこりと頭を下げてから、去っていった。木と木のあいだをくぐり抜けるようにして、まるで一陣の風のように。

うしろ姿を見送りながら、私は思った。

あの人はやっぱり、木の聖人に違いない、と。

その日以来、老人と私は、まるで申し合わせたかのように、その公園のベンチで、顔を合わせるようになった。

毎日ではなかった。でも、三日以上、会わない日はなかった。お互いに、どこで何をしているのか、住んでいる場所も、名前さえも、教え合わなかった。そういう必要も感じなかった。

老人はたいてい、私よりも先にベンチにやってきて、右か、左か、日によって違ったけれど、片方に寄って座っていた。本を読んでいることもあったし、ただつくねんとしていることもあった。私がやってくるのを楽しみにして待っていたように見える日もあったが、私に会えて「うれしい」と、喜びをあらわにしたりすることはなかった。

会釈だけをして、空いているスペースに腰を下ろすと、私はまずお弁当を食べた。老人の隣で食べるお弁当は、なぜか、美味しく感じられた。老人はその間、黙って本を読んだり、あたりの景色を眺めたりしていた。私が食べ終えると、彼はその日、私に朗読して欲しいと思っているページを広げて差し出した。軽い本は私の右手に、重い本は私の膝の上に。

老人は毎回、違った本を持ってきていたが、ある日、差し出された本は、出会った日、私の朗読した詩集だとわかった。だれが書いた詩なのかは、わからなかった。表紙にも背表紙にも、詩人の名前は記されていなかった。

曲がっているから　偉いんだ
曲がっているから　折れないんだ
折れないから　だれかを支えられるし
折れないから　重みにも耐えられる

曲がっているということは
自由ということだ
曲がっているということは
なんにでもなれるということだ
曲がっているから　可能性がある
無限の可能性と夢がある

ほら　あの梢を見てごらん
あの木末《こぬれ》を
あの曲がり木を
曲がった枝の先を

曲がっているから　折れないんだ
風を遊ばせ　葉を茂らせ　実をつけ
小鳥を守れるんだ　曲がっているから

短い詩を読み終えると、私は大発見でもしたような口調で言った。

「おじいさん、私の名前『梢』っていいます。この詩のタイトルと同じです。いい詩ですね、この詩。まるで私のために書かれたみたい。大好きです」

老人はくしゃくしゃの笑顔になった。目に入れても痛くないとでも言いたげに、私の顔を見て微笑んでいる。

「梢さん。それはまた、大変いい名前をつけてもらいましたね。わたしは、秋山と申します」

「秋山さんですか。秋の山？」

「はい、そのとおりです」

「私、斉藤梢です」

秋山さんは、私の左手を横からすっと取り上げると、自分の両手で包み込むようにして上下に軽く振った。握手をしようとしているのだとわかった。私の右手ではなく、役立たずでろくでなしの左手と。

そのことが嬉しかった。やっぱりこの人は仙人だと思った。私の左手は麻痺していて、実際には何も感じない。それなのに、秋山さんの手のひらのぬくもりを確かに感じた。温かさが胸に染みた。この人には、私がどうして欲しいのかが、よくわかっているのだと思った。私は、左手のことを人から訊かれるのが嫌だった。けれども、私の左手はいつだって、右手よりも優しくされ、甘やかされたいと願っているのだった。

その日、秋山さんに請われてもう一編、私は朗読した。「心配」というタイトルの詩。この詩は秋山さんの、小鳥たちに対する気持ちだったのだろうか。それとも彼の、私に対する気持ちだったのだろうか。

心配してもしかたがない
わかっているが　心配だ
なんども見に行く
雨にやられてないか
風にやられてないか

心配したってしかたがない
あたためても安心は孵らない
わかっているが　心配だ
なんども見に行く
きょうも元気か
もうじき飛び立てそうか

雛鳥たちが巣立って、若葉の緑が濃く染まり、夏休みが始まった。

私は毎日、お弁当を持って、公園を訪ねた。

秋山さんに会える回数は、増えもしなければ、減りもしなかった。約束をしていたわけではない。でも、会える人とは自然に会えるものだし、会いたいと思っていれば、その気持ちは自然に相手に伝わるものなのかもしれない。そのふたりが特別なふたりであれば、ということだけど。

私たちは、特別なふたりだった。書く人と読む人のように、曲がり木と幹のように、風と陽射しのように、記憶と未来のように、心配と安心のように、姿形はまったく違っていたけれど、根っこのところでひとつにつながっていた。足の悪い老人と手の悪い少女の根っこは、人の目には見えない地下で、しっかりとつながっていた。

八月のある日、いつものように私がお弁当を食べ終えると、秋山さんはベンチのすぐそばで涼しい木陰を落としている木から、柔らかいオレンジ色に染まった実をふたつ、器用にもいで、ひとつを私に手渡した。

「食べてみますか？　あんずです」

それで、わかった。その木の名前は「あんず」だったのだと。

片手でどうやって皮をむけばいいのか、食べる前に洗わなくてもいいのか、思案顔になっていると、秋山さんは食べ方を教えてくれた。

「こうやってね、がぶりとかぶりついて、それから皮をぺっと吐き出せばいい」

教わった通りにやってみた。ちょっと酸っぱかったけれど、優しい味がした。種のまわりの果肉はほんのり甘かった。

それから秋山さんは、それまで読んでいた本をパタンと閉じると、

「きょうは梢さんに、わたしが昔話を語りましょう」

と言った。

「これまで朗読をしてもらったお礼に。長い話になりますが、時間はありますか？」

「はい、たっぷりあります」

秋山さんのお話には、こんなタイトルが付いていた。

『あんずの木の下で』——。

生まれつき足の悪かった秋山さんは、幼い頃も、小学生だった頃も、生徒たちからも先生からもいじめられていたという。松葉杖を隠されたり、遠足に出かけた先でひとりだけ置いてきぼりを食らったりして、いつも泣きべそをかいていたという。

そんな秋山さんを見るに見かねて、両親は秋山さんを特別な学校に転校させた。当時の日本ではまだ珍しい、体の不自由な子どもたちのための学校だった。

その名も「希望の友学園」。

小学生から高校生まで、さまざまな障害のある子どもたちが学んでいた。

希望の友学園に入学してからは、秋山さんをいじめる人は、ひとりもいなくなった。頭が良くて、数学や理科や音楽の得意だった秋山さんは、たちまち学園の人気者になった。下級生たちの面倒もよく見てやり、学年の委員長と、学園全体の生徒会長も兼任していた。

やがて日中戦争が、そして太平洋戦争が始まった。強い国が弱い国を侵略しようとし、人と人が醜い争いを始め、殺し合いを始めた。日本も日本人も、兵士だけではなくて民間人も、軍国主義一色に染まった。天皇陛下のために戦って、喜んで死ぬことを求められた。アメリカに宣戦布告してからの日本は、まさに坂道をまっさかさまに転げ落ちるように、地獄に向かって突き進んでいった。

大勢の人が亡くなった。撃たれて死に、刺されて死に、焼かれて死んだ。国の外でも、国のなかでも。餓えて死ぬ人もいた。自分で自分を殺す人もいた。亡くなったのは、日本人だけではない。日本人によって殺された人が大勢いた。日本軍の兵士に殺された赤ん坊もいた。そもそも戦争とは、勝ち負けのある戦いではない。勝っても負けても、そこにはただ「人の死」という負けがあるだけなのだ。そこにはただ、無駄で虚しい「命の消費」があるだけなのだ。

戦争中、秋山さんをはじめとする身体障害者たちは「役立たず」「ごくつぶし」と呼ばれ、蔑まれ、疎外されるようになった。無論、このような差別は戦争が始まる前からあったわけだが、戦争が始まると、それがますます顕著になっていった。「ごくつぶし」とは、国の役にも立てないのに「食料だけを無駄に食べる奴ら」という意味の罵倒語だった。

戦局が悪化し、アメリカ軍による空襲が激化すると、将来の兵力を温存するために、都会の子どもたちは田舎に送り込まれ、そこで集団生活を送ることになった。いわゆる学童疎開である。

けれども、希望の友学園の子どもたちは、疎開の対象から外されてしまった。

「つまり体の不自由な子どもたちは兵士にはなれないから、守っても仕方がないということでしょう。戦争というのは、最も弱い者、小さき者、無垢な者たちに、最も大きな犠牲を強いるものなのです。人と人が戦うというのは、そういうことを意味しています。ある状況に置かれたとき、人間というのは悪魔以上に残酷になります。戦争によって、人格が変わるのです。いえ、人間にはもともとそういう人格があって、普段は隠したり、隠されたりしているが、戦争によってそれが表に噴き出してくる、ということかもしれません」

秋山さんの話を聞きながら、ナチスのホロコーストを思い出していた。大量虐殺の犠牲となったのは、ユダヤ人だけではなかった。身体障害者、知的障害者、ジプシーと呼ばれている貧しい流浪の民、同性愛者も含まれていた。

「しかしながら、そういうご時世にあっても、信念と良心を持って行動できる人間も、ごく少数ながらいたのです。まさに、『希望の友人』です」

希望の友学園の子どもたちを預かってくれたのは、長野県の山あいにある温泉町の人々だった。「子どもたちを守りたい」という校長先生の熱意に打たれて、ある温泉旅館のご主人が施設を丸ごと、子どもたちのために提供してくれたのだった。

「思い出すのは、食べ物のことばかりです」

そう言って、秋山さんは笑った。

「疎開中、家族が差し入れとして団子の粉を持ってきてくれたことがあったのですが、友だちに分けてあげられるほど多くはなかった。だからわたしは夜中にこっそり布団から出て、川べりまで隠し持っていき、川の水で粉を溶いて食べました。食べられるものなら、なんでも食べましたよ。節分の豆まきの豆まで食べましたしね。それから、これです」

秋山さんは目を細めて、ベンチのそばのあんずの木を見上げた。

あんずの枝という枝に、小さな桃の形をした可愛らしい実がなっていた。ひとつひとつに夏の光を集めて、幼子のようにふっくらと頬をふくらませている。小鳥につつかれた実はどこか、得意そうな顔つきをしている。

「足が悪いくせにあんずの木に登って、実を食べようとしたものだから、木から落ちそうになったりしてね。食べ過ぎて、お腹を壊したこともありましたよ」

いまだに忘れられない、農家の人たちからもらった、野菜の味、りんごの味。

同級生たちと摘みに行った野草の味、山菜の味、野に咲く花の味。

地元の婦人会の人たちが慰問と称して、大量の芋をふかして子どもたちにふるまってくれたこともあった。

「ところが、胃が小さくなっているせいで、芋半分でもう腹がいっぱいになってしまってね。食べたいのに、食べることができない。あれは、つらい経験でした。だからわたしは、梢さんがここで、いつも、美味しそうに弁当を食べる姿を見ているのが好きでね。平和はいいなと思います。木が枝を伸ばし、葉を広げ、小鳥がやってきて、巣を掛ける。それをぼんやり眺めていられる。当たり前のことが、当たり前のこととして、ここにある。それがどれほど幸せなことか。あんずの木の下で、われわれがこうして並んで座って、話をしていられる。それがどれほど」

そこで唐突に、秋山さんは言葉を切った。

そよ風が、あんずの葉っぱをさわさわ揺らしていた。清潔な沈黙が、山を滑り降りる谷川の、清涼な水のように流れた。砂時計の砂の最後のひとつぶが落ちるのを、ふたりで息をひそめて、待っているようでもあった。

「長話はいけない。年寄りの長い昔話は嫌われます。まあ、そんなわけで、わたしはきょう、ここにこうして、生きているというわけです。終わり」

自身を戒めるかのように秋山さんはそう言って、私の右手を取り、私の右側にあったベンチの手すりの部分にそっと置いた。

「梢さん、この手すりのカーブを覚えておいて下さい。ここに来て、この椅子に腰かけて、弁当を食べたあと、このカーブに手を当てるとき、わたしのことを思い出して下さい。これは『曲がり木』と言ってね、まっすぐではない枝なんだな。だから強い。簡単には折れない。この椅子は、曲がった枝を利用して、こしらえられたものです。わたしたちのように、体のどこかがまっすぐではない者でも、こうして、椅子の一部になり、椅子を椅子たらしめることができる。逆の言い方をすれば、曲がり木がなければ、人は椅子ひとつ完成させられない。そういうことなんです。だから曲がった枝は、無理してまっすぐになる必要もない。あるがままで、いいのです」

私は右手で、椅子の手すりになっている枝を撫でた。何度も撫でた。ゆるやかなその曲がり具合を確認した。撫でていると、涙が出そうになった。悲しみの涙ではなかった。でも、悲しかった。そのとき私は無意識のうちに、別れを予感していたのだと思う。

秋山さんに会えるのは、きょうが最後になるのかもしれない。この人は去っていこうとしている。私をここに置いて、おそらくこの世から、あの世へ。これは別れの挨拶なのだ。さっきの話は、言い残したいことだったのだ。言葉にすれば、そういう予感だ。まだ言葉にはなっていないそのような予感が涙となって、頬を伝っていた。

「梢さんに会えて、よかった。わたしはこれから、しばらくのあいだ、用があって遠方へ出かけます。もしよかったら、この本をあなたに」

秋山さんは私の膝の上に、一冊の文庫本を置いた。秋山さんが朗読して欲しいと言う日もあれば、このごろでは、私の方から何編か選んで、「読ませて」とお願いすることもある詩たち。誰が書いたのか、いまだにわからなかったし、秋山さんは最後まで教えてくれなかった。

「この詩集は、この世に一冊しかありません。作者が自費出版で出したものが百冊ばかりあったのですが、小火《ぼや》でみな、焼けてしまったのです。焼けずに一冊だけ残っていたのがこれです。だから、差し上げるのではありません。お貸しします。だから必ず返して下さい。梢さんが返しに来てくれる日には、わたしは必ず受け取りに来ますから」

「ほんとですか？　約束してくれますか？」

「約束します」

「破らないでね。私、約束を破る人は……」

嫌いなんです、という言葉は、喉の途中でつっかえていた。これまでに破られてきた約束の、なんと多かったことか。それで私は人が大嫌いになったはずなのに、それなのに私は性懲りもなく、この人を信じようとしている。

「破りません。わたしは……」

そのあとに、秋山さんがなんと言ったのか、私の耳には届かなかった。

それから、十年という月日が流れて、私はついこのあいだ、二十八歳になった。

この十年のあいだに、私は大学を卒業して養護学校の教師になり、恋愛もし、結婚もし、子どもも授かった。いつの頃からか、少しずつ、少しずつ、雪が解けるようにして、人を好きになっていった。私が人を好きにならなければ、人も私を好きになってはくれないと気づいたからだ。嫌いになるよりも、好きになる方がいい。好きなものが多い方が、この世は生きやすいに決まっている。こんな簡単なことに気づくのに、ずいぶん長い時間がかかってしまった。

曲がり木は強い。強くてしなやかだ。けれどもその芯は、あくまでもまっすぐであらねばならない。曲がった枝の根もとから先まで宿る、まっすぐな心。それが愛なのだと、私は愛する人から教わった。

きょう、学校の内外の子どもたちを連れて、久しぶりに、なつかしい公園にやってきた。私もボランティアのひとりとして参加している「森林浴クラブ」の活動の一環として。

松葉杖をついている子もいるし、車椅子に乗っている子もいる。歩けない子もいれば、走れない子もいる。成長の遅い子もいれば、言葉をしゃべれない子もいる。目の見えない子もいれば、声の出せない子もいる。耳の聞こえない子もいる。かつての私のように、いじめられている子もいるのかもしれない。心を閉ざしている子も、人が大嫌いな子も。

愛おしい、美しい、曲がり木たち。
大切な、かけがえのない、曲がり木たち。
「じゃあ、きょうの詩を読みます。みんな、しっかり聞いてね。聞こえない子は、手話の先生を見て」

ベンチに座って、栞を抜き取り詩集を開く。古い詩集だ。自分でこしらえたカバーをつけている。作者の名前は、どこにも書かれていない。

私は詩の朗読をする。秋山さんの書いた詩だ。「地球」というタイトルが付いている。

本を一冊読むと　心の窓が一センチ開く
百冊読めば　一メートル開く
読めば読むほど　心が開く
気持ちのいい風が吹いてくる
風が雨を連れてくる
あなたの心に木が生える
あなたの心は緑に染まる

本を読むと　心に波が立つ
たくさん読めば　たくさん波が立つ
読めば読むほど　波が立つ
波が集まって海になる
あなたの心は海になる
あなたの人生は地球になる

読み終えると、私はベンチから立ち上がって、子どもたちに声をかける。

「さあ、みなさん、用意はいいですか。今から、みなさんの好きな木のそばまで行って、近づいていって、その木を抱きしめて。ぎゅっと、ぎゅっと、木に抱きついてみよう。そうしたら、木もみんなを抱きしめてくれるよ。木を抱きしめるってことは、地球を抱きしめるってこと」

歓声を上げて散らばっていった子どもたちが、自分の好きな木に抱きついている。頬ずりしている子もいる。耳を当てている子も。楽しそうだ。空はよく晴れて、猫の形をした雲を浮かべている。乾いた風がそよいでいる。私もあんずの木を抱きしめる。私の右手で、精一杯。見上げると、青い実がほんのり黄色く色づいている。秋山さんが喜んでいるのがわかる。少年だった秋山さんも木を見上げている。

秋山さんは、約束を破らなかった。

私が本を返しに来たとき、秋山さんはちゃんとここにいた。ここで、私が来るのを、待ってくれていた。ベンチのそばで、雨の日も風の日も真冬でも真夏でも。


――ほんとですか？　約束してくれますか？

――約束します。

――破らないでね。私、約束を破る人は……

――破りません。わたしは……


そのあとに、秋山さんがなんと言ったのか、今の私にはわかる。

秋山さんの声が聞こえる。あんずの木の枝のなかから。

「わたしは、木ですから」

秋山さんはあのとき、そう言ったのだ。冬が来て、葉が枯れ、葉を落とし、裸木になっても、春が来ればまた新しい芽を出すように、秋山さんはいつでもここにいて、詩を書きつづけている。地中には深く、縦横無尽に根を伸ばして。

秋山さんは書く人で、私は読む人。二羽の小鳥は最後にかならず出会う。

この世に一冊しかない特別な詩集を、貸してくれてありがとう。

秋山さん、また会えたね。

また会いに来るよ。会いに来て、あなたを抱きしめる。木を抱きしめて、私たちは生きる。この命のつづく限り、枝を広げて、空を目指して。

本作は書き下ろしです。

作中に出てくる平林たい子の小説の一節はすべて『こういう女・施療室にて』（講談社文芸文庫）から引用させていただきました。

また、最終話に挿入されている詩は、著者の創作物です。

◆著者
小手鞠るい（こでまり・るい）
1956年、岡山県生まれ。同志社大学法学部卒業。1981年、第7回サンリオ「詩とメルヘン賞」を受賞。1993年、第12回「海燕」新人文学賞を受賞。2005年、『欲しいのは、あなただけ』（新潮社）で第12回島清恋愛文学賞を受賞。2009年、原作を手がけた絵本『ルウとリンデン 旅とおるすばん』でボローニャ国際児童図書賞を受賞。そのほかの著書に、『泣くほどの恋じゃない』『あんずの木の下で』（小社）、『優しいライオン』（講談社）、『テルアビブの犬』（文藝春秋）、『アップルソング』（ポプラ社）などがある。ニューヨーク州在住 。

曲《ま》がり木《ぎ》たち
●
2016年9月26日　第1刷

著者…………………小《こ》手《で》鞠《まり》るい
装幀…………………永井亜矢子（陽々舎）
装画…………………新目恵
発行者………………成瀬雅人
発行所………………株式会社原書房

〒160-0022 東京都新宿区新宿 1-25-13
電話・代表　03(3354)0685
http://www.harashobo.co.jp/
振替・00150-6-151594

印刷・製本…………図書印刷株式会社

ISBN 978-4-562-05346-9 Printed in Japan